共和国故事

根治黄河

——治理黄河与水利工程胜利竣工

张学亮　编写

吉林出版集团股份有限公司

图书在版编目（CIP）数据

根治黄河：治理黄河与水利工程胜利竣工/张学亮编．—长春：吉林出版集团股份有限公司，2009.12

（共和国故事）

ISBN 978-7-5463-1754-0

Ⅰ．①根… Ⅱ．①张… Ⅲ．①纪实文学－中国－当代 Ⅳ．①I25

中国版本图书馆 CIP 数据核字（2009）第 237711 号

根治黄河——治理黄河与水利工程胜利竣工

GENZHI HUANG HE　ZHILI HUANG HE YU SHUILI GONGCHENG SHENGLI JUNGONG

编写　张学亮

责任编辑　祖航　李娇　王贝尔

出版发行　吉林出版集团股份有限公司

印刷　三河市嵩川印刷有限公司

版次　2010 年 1 月第 1 版　　2022 年 1 月第 10 次印刷

开本　710mm×1000mm　1/16　　印张　8　字数　69 千

书号　ISBN 978-7-5463-1754-0　　定价　29.80 元

社址　吉林省长春市福祉大路 5788 号

电话　0431－81629968

电子邮箱　tuzi8818@126.com

前　言

自 1949 年 10 月 1 日中华人民共和国成立至今，新中国已走过了 60 年的风雨历程。历史是一面镜子，我们可以从多视角、多侧面对其进行解读。然而有一点是可以肯定的，那就是，半个多世纪以来，在中国共产党的领导下，中国的政治、经济、军事、外交、文化、教育、科技、社会、民生等领域，都发生了深刻的变化，中国人民站起来了，中华民族已屹立于世界民族之林。

60 年是短暂的，但这 60 年带给中国的却是极不平凡的。60 年的神州大地经历了沧桑巨变。从开国大典到 60 年国庆盛典，从经济战线上的三大战役到经济总量居世界第三位，从对农业、手工业、资本主义工商业的三大改造到社会主义市场经济体制的基本确立，从宜将剩勇追穷寇到建立了强大的国防军，从废除一切不平等条约到独立自主的和平外交政策，从“双百”方针到体制改革后的文化事业欣欣向荣，从扫除文盲到实施科教兴国战略建设新型国家，从翻身解放到实现小康社会，凡此种种，中国人民在每个领域无不留下发展的足迹，写就不朽的诗篇。

60 年的时间在历史的长河中可谓沧海一粟。其间究竟发生了些什么，怎样发生的，过程怎样，结果如何，却非人人都清楚知道的。对此，亲身经历者或可鲜活如昨，但对后来者来说却可能只是一个概念，对某段历史的记忆影像或不存在，或是模糊的。基于此，为了让年轻人，特别是青少年永远铭记共和国这段不朽的历史，我们推出了这套《共和国故事》。

《共和国故事》虽为故事，但却与戏说无关，我们不过是想借助通俗、富于感染力的文字记录这段历史。在丛书的谋篇布局上，我们尽量选取各个时代具有代表性或深具普遍意义的若干事件加以叙述，使其能反映共和国发展的全景和脉络。为了使题目的设置不至于因大而空，我们着眼于每一重大历史事件的缘起、过程、结局、时间、地点、人物等，抓住点滴和些许小事，力求通透。

历史是复杂的，事态的发展因素也是多方面的。由于叙述者的视角、文化构成不同，对事件的认知或有不足，但这不会影响我们对整个历史事件的判断和思考，至于它能否清晰地表达出我们编辑这套书的本意，那只能交给读者去评判了。

这套丛书可谓是一部书写红色记忆的读物，它对于了解共和国的历史、中国共产党的英明领导和中国人民的伟大实践都是不可或缺的。同时，这套丛书又是一套普及性读物，既针对重点阅读人群，也适宜在全民中推广。相信它必将在我国开展的全民阅读活动中发挥大的作用，成为装备中小学图书馆、农家书屋、社区书屋、机关及企事业单位职工图书室、连队图书室等的重点选择对象。

编　者

2010 年 1 月

目录

一、决策与规划

毛泽东决心根治黄河/002

成立三门峡水利工程局/018

周恩来到三门峡工地视察/025

二、勘测与设计

艰苦勘察黄河源头/042

精确勘察黄河沿线/049

设计三门峡水利枢纽/057

三、施工与建设

修建刘家峡水电站/072

修建三门峡水电站/079

山东黄河整治工程胜利完工/089

治理河南黄河河道/095

治理无定河流域/099

修建青铜峡水利枢纽/105

一、 决策与规划

●毛泽东还说："你们可以藐视一切，但是不能藐视黄河，藐视黄河，就是藐视我们这个民族。"

●周恩来若有所思地说："砥柱就那么点大，冲刷了多少年还在那里。"

毛泽东决心根治黄河

1952年10月，毛泽东在罗瑞卿、滕代远、杨尚昆、李烛尘、荣毅仁等陪同下，利用中央批准他休息一周的时间，沿黄河下中游溯源而上，对山东、河南和沿平原省境内最容易泛滥、决口以及防泛、引水灌溉建筑等，进行了深入的巡访调查。

10月27日15时，毛泽东在许世友和山东省委、市委主要领导的陪同下，巡视了山东黄河在历史上频频决口泛滥的地段泺口方向。

毛泽东下车后，省委的领导立即向毛泽东介绍说："泺口又名洛口，因为古泺水而得名，在济南市北历县境内，山东名泺，幽州名淀，泺与泊通，所以，梁山泊也叫梁山泺。泺水源出济南市西南，北流至泺口入古济水，也就是今天的黄河水道。"

省委领导接着对毛泽东说：

"历城北部沿黄河地区是一段狭长的地带，其东西长52公里，南北宽1.5至2.5公里，有耕地面积25万亩，包括以泺口为重点的吴家堡、西沙、药山、新城、鹊山、华山、卧牛、坝子、娄家、河套、杨史道口、鸭旺口等15个小乡的十几万群众生活在这里。

"自古以来，由于黄河的泛滥、变迁、改道致使泺口一带的河底淤高，地下水位上升，再加上汛期南部山洪下泄，小清河排泄不及，顶托倒灌，使这里15万亩土地越变越坏。历城旧县志已有‘野生碱卤，地尽不毛’的记载。”

直至中华人民共和国成立前，这里还流传着反映黄河水患的一首歌谣：

春天一片霜，夏天明光光。
豆子不结荚，地瓜不爬秧。

毛泽东听到这里说：“黄患！把这里的人民搞得太苦了。”

停了一下，毛泽东又问：“济水源出何地？”

山东省委领导说：“据汉书《地理志》和《水经》记载，济水自河南荥阳以北，分黄河东出，流经原阳县南、封丘县北，至山东定陶县西，折东注入巨野泽。又自泽北经梁山县东，至东阿旧治西，自此以下至泺口，就归入了现在的黄河河道。”

毛泽东接着问：“泺口从古以来就常常淤断么？”

省委领导继续说：“对，是这样的，自泺口以下至海，略令小清河河道……金代以后，自汶口至泺口一段遂成为以汶水为源的大清河。《春秋·桓公十八年》：‘公会齐侯于泺’。南宋初，伪豫堰泺水东流，因此，自堰以东，就形成了最容易泛滥的地段。自古至济南解放前，这里曾经发生过数不清的屡淤屡断、屡断屡疏的情形。甚至还发生过决口以后，连续七八年到二十多年都堵不住的灾难。为了制止这种恶性循环，我们在此修了大坝。”

毛泽东听到这里，他面向泺口，凝视着奔腾下泻的黄河水势，甩开许世友，独自在堤坝上走来走去地思考着。

许世友走过去问道：“主席，您在想什么？”

毛泽东说：“我想，用引黄河水的办法，把那首民谣中所说的‘一片霜、明光光、不结荚、不爬秧’的十几万亩卤碱地，改成稻田种水稻，变害为利行不行？”

许世友高兴地说：“好极了，给他们说说去。”许世友将山东省、市委的领导招呼过来。

毛泽东对随行人员说：“历县泺口，自古以来的黄河道，屡次淤断，屡次修复，自从你们修了这堵大堤坝以后，那种在历史上屡淤屡断、屡断屡疏的恶性循环不见了。这样的事情，只有我们共产党人才能做到。如果用引黄河水的办法，将泺口这一带的十几万亩卤碱地，改为稻田就更好了。”

山东省委、市委的领导们说：“我们一定试试看。”

其实，早在1947年10月，毛泽东在陕北那片厚重的革命圣地上和黄土地上转战的时候，虽然日理万机，但仍然关注着黄河。

毛泽东在新中国诞生之前，就将根治黄河的心愿深深地埋在了心里。

有一次，在部队进驻陕甘宁边区的一个小镇时，毛泽东着手起草了《中国人民解放军宣言》和重新修订了“三大纪律八项注意”之后，就未经组织批准，带上几个警卫，偷闲地奔赴葭县城看黄河去了。

毛泽东在黄河岸边，注视着奔腾直下的一团团黄色的水雾，不由得百感交集，突然大手一挥，自言自语地说：

自古道，黄河百害而无一利，这样的言论，是因为没有站在高处看黄河的缘故。站低了，便只见洪水不见河流。没有黄河，就没有我们这个民族啊！不谈五千年，只论现在，没有黄河天险，恐怕我们在延安还待不了那么久……将来全国解放了，我们还要利用黄河浇地、发电，为人民造福，那时，对黄河的评价就要改变了！

毛泽东还说：

你们可以藐视一切，但是不能藐视黄河，藐视黄河，就是藐视我们这个民族。

中国共产党领导人民治理黄河的事业，是从 1946 年开始的，在解放战争年代，度过了艰难的岁月。

1952年10月29日14时，黄河水利委员会主任王化云，副主任赵明甫，河南省黄河河务局局长袁隆等带着为解决黄河下游的防洪问题，兴修“邙山水库”的全部计划，来到了开封中共河南省委会议室里，将根治黄河的计划示意图钉到了墙上，准备向省委汇报。

在这时，他们突然听说中央领导要来开封，于是回机关后立即将《黄河形势图》、《邙山水库图》、下游离洪及有关重要资料都找了出来。

袁隆又想到：“中央领导既然要看兰封黄河，很可能还要看开封黄河。”于是，他急速给开封修防段张金斗也打了一个招呼。

10月29日17时，毛泽东一行从山东出发，经江苏的徐州市进入河南兰封县境。

省委书记张玺对下车的罗瑞卿说：“我们今天想请毛主席到开封去。”

罗瑞卿说：“这个不必提了，主席怕打扰，原来不让通知你们，但经我们商量后，还是临时告诉你们一下好，主席今天在徐州游了黄河大道和云龙山的文化古迹，很疲劳，已经休息，今晚不见你们喽，明天早晨，请你们来这里就餐。”

当夜，王化云对袁隆说：“毛主席来了，他来视察黄河，明天先看东坝头，你是河南黄河河务局局长，由你向毛主席汇报河南治黄情况。全河的情况，由我来汇报。”

30日7时，距专列一二里处，有个小山村。正是清晨，薄雾正在消散，农家炊烟已袅袅升起，鸡犬之声偶有所闻。踏着晨露，毛泽东向小村走去。

打谷场上有老少两人，都穿着北方农民那种黑夹袄，像是父子。他们知道来人是“大干部”，但没有认出是毛泽东。毛泽东和他们交谈起来，问道：“今年收成怎么样?”

年轻的农民脸上露出微笑说：“还行。”他把夹袄折得更紧些，早晨有些凉。

年长一些的农民回答说：“这里土不行，盐碱地多，有的庄稼长不好，收成也不好。”

毛泽东又问：“够吃吗?”

他们说：“还行。解放了，劳动为自己，只要精耕细作，口粮准够。”

毛泽东顺口说道：“要改造盐碱、低洼地，粮食产量一定能提高。”

年长一些的农民听得很认真，有些不信：“能行?”

毛泽东肯定地说：“能行。”而后向两个农民简单通俗地讲解了治沙、治盐、治碱的办法。

两个农民颇为惊奇地注视着面前这个说湖南话的人，不住地点头。但说到最后，毛泽东还是离开“具体”，说出了面对全国农民的话：

要靠农民组织起来，生产形式要大些，才

能解决农田改造的工程。

也许两个农民始终没有或者很快就知道对他们说话的是谁，但那一刻，他们的脑子里转得更多的还是翻淤压碱、造林固沙的细节，穿制服的大干部也懂庄稼活？

握手之间，毛泽东已迈着大步，走过打谷场，朝一个土山坡走去。土坡上面是块平地，住着几户人家。

毛泽东一掀那块打着补丁的棉布帘，一猫腰钻了进去。屋里黑洞洞的，从外面进来，好半天才看清里面是个大土炕，还有锅台，在锅台原先贴灶王爷的地方，贴上了一张挺新的毛泽东像。看得出，这肯定是个翻身户，也是省里的领导特意挑选的对象。

毛泽东在屋里唯一的一张长板凳上坐下，和坐在炕上低头掰玉米粒的老太太聊了起来：“你家里的其他人呢？”

老太太头也不抬地回答着：“儿子当兵去了。”她手里不停地掰着玉米粒。

毛泽东接着问：“还有什么人哪？”

“老头子一早起来，就去赶集啦。”

“打的粮食够吃吗？”

“打得不多，盐碱地不爱长。”

看来女主人不善谈，眼睛也没离开过她赖以生存的玉米棒子。毛泽东抽完一支烟就告辞了。

出了黑屋，毛泽东又顺着原路下坡，李银桥和另一位副卫士长孙勇急忙过来搀扶。就在下坡的当口，从背后突然传来一声吆喝：“毛主席，您来啦！”

众人一惊，都回头去看：原来是一个瘦高个儿的老年妇女，站在土坡边沿，情绪有些激动地朝着这边张望，那一声喊，颇有些情不自禁。

毛泽东也驻足回首，脸上露出了笑容。他干脆回转过身，向老人上下摆了摆手。

老人看清了打招呼的人，快活地扬起双手，脸上满是笑。忽然她又说了一句话，把大家带进了云里雾里。她在说，又像在问：“毛主席呀，斯大林来了没有哇？”

人们愣了一下。而后，包括毛泽东在内，都哄堂大笑起来。看来，在当时许多与外界联系不多的乡村里，总是把毛泽东的名字与斯大林的名字联系在一起。

罗瑞卿笑够了，冲大家说了一句：“哈，这位老太太还真有点国际主义精神哩。”

于是人们笑得更响了。

毛泽东从农家回到专列，而后就餐。突然间，他又移动位置，来到王化云的对面，对他问道：“你叫啥子名字？”

“王化云。”

毛泽东接着问：“你是啥子时候做治黄工作的？过去做啥子工作？”

王化云说：“过去在冀鲁豫行署工作，1946 年 3 月到了黄委会。”

毛泽东笑着说："化云，变化为云，再化而为雨，这个名字好。半年化云，半年化雨就好了。"

就餐后，毛泽东进入会客厅，分别先就一些问题让大家谈了看法。然后毛泽东说："你们河南的抗美援朝、土地改革就谈这些吧，我在北京就听邓子恢同志讲，河南这几年工作搞得是不错的喽。下面主要应谈谈对黄河治理的事情，黄河的事办不好，我是睡不着觉的……这是中心问题，我想听一听这几年在治理黄河的问题上，对黄河下游修堤、防汛，上中游水土保持，干流勘察、调查，特别是修建三门峡水利枢纽工程和龙羊峡发电站……都有些啥子打算?"

张玺说："主席要了解更详细的情况，恐怕我们谈不清楚，是不是请黄河水利委员会的同志来汇报?"

毛泽东说："好、好，还是请你们那个'黄河'来说最好。"

随着毛泽东的询问，王化云开始滔滔不绝、有问必答地汇报了起来……

毛泽东的专列将至兰封黄河大堤，王化云报告说："主席，东坝头到了，今天暂时谈到这里吧。"

毛泽东看着王化云说："三门峡这个水库修起来，把几千年以来的黄河水患解决啦，还能灌溉平原的农田几千万亩，发电 100 万千瓦，通行轮船也有了条件，是可以研究的。"

毛泽东随即赴兰封县黄河大堤东坝头考察。

这里的堤段宽阔，堤面上堆了许多备用的土方。防汛人员正在检修堤坝，民工们三三两两地在抬土、打夯。有几个技术人员手持一根三米长的钢棍，正向堤面深部刺下去。

毛泽东不解，问治黄负责人："他们这是在干什么?"

治黄负责人立即招呼一位工程师模样的技术人员过来："你给毛主席汇报一下，这是在干什么。"

这位技术人员有些紧张，一边模仿打洞的动作，一边报告说，这是在探鼠洞。因为鼠洞是黄汛期决堤的重大隐患，如果鼠洞多了，洪水一来，灌进鼠洞，堤面就会软化下塌，导致决堤。看来这不是件小事。

毛泽东更加详细地询问："怎么个检查法呢?"

技术人员又就近招呼一个正在探洞的工人过来。工人接过钢棍给毛泽东做示范，边做边说："我们用双手将钢棍向下刺去，提拉一下，如果遇到鼠洞，就有空空的感觉，这样来回地刺……"

毛泽东兴趣不减地问："知道有鼠洞，又怎么办呢?"

探洞工人说："有鼠洞我们就将钢棍刺入的洞搞大，暴露鼠洞，然后把水泥浆灌进去，让它填满。这样来不及逃走的老鼠就会被浇固在洞里，水泥一干，也就加固了堤坝。"

毛泽东说："好，我来试试。"说着，他从技术人员手中接过钢棍，把袖口一卷，就试了起来。

看来这个活儿并不费力，不到两分钟，毛泽东就在堤坝上打了一个洞，有一米多深。

毛泽东提拉了几下："可以，这个办法简便易行。"他表扬了技术人员。

技术人员满脸泛红，说话也自然多了："这是我们的小小发明，别的地区还来我们这里取经呢。"

毛泽东站在东坝头的堤岸上，向对岸张望，用手指了一下，问身旁的人："那是什么地方？"

那人回答说："那是西坝头。"

来此之前，毛泽东看过有关黄河的历史资料，这时他问道："清咸丰年间，清政府为了对付太平军是在哪决口的？"

治黄领导肯定地说："就在这东坝头。"

毛泽东到达开封，转乘汽车来到了柳园口。他站在堤岸上，向远处眺望，隐约可见的开封古城尽收眼底。而这里河道的水平面竟与开封铁塔处在同一水平位置。这就是悬河。

防汛人员讲，此处堤段如果决口，水的落差有 10 米之大，黄河如在此决口，那整个开封古城将被淹没在滚滚黄水之中。

黄河是一条四季分明的河，基本上是夏涝冬枯。而秋风秋雨之时，无数文人墨客会聚此一吟愁绪。其实此时的黄河是惊心动魄的。它在咆哮，在疯狂，一股脑儿向人间发泄着。

随着滚滚黄流奔腾而下，毛泽东自然想到古人，随口吟诵道：

黄河远上白云间……悬河原来如此。

陪同的治黄负责人向毛泽东介绍说："这里是黄河防汛最重要的地段。新中国成立后，还没有发生过大的险情，我们也决不会让它重演历史上的惨事！"

毛泽东看见这里防汛人员的住处就建筑在堤坡上，大有与河堤共存亡之势，信服地点点头，又问道："历史上，这段黄河在最大洪峰时，流量是多少？"

陪同的领导说出一个巨大的数字后，又补充道："清王朝时，有个民谣，描述过一次大洪水的情况：道光二十三，洪水涨上天，冲走太阳渡，捎带万锦滩！可见洪水之大。"

毛泽东倒背着手，不再言语，秋风轻轻掠过他的黑发，吹起他眉间的一层层忧思……

黄河是一条母亲河，又是一条忧患的河。千百年来，它从中上游的黄土高原出发，将十几亿吨的泥沙携带而下，许多泥沙淤积下游河床，形成了高于地面的悬河。黄河经常改道，洪水泛滥所至，北到天津，淤塞破坏海河水系，南至淮阴，淤塞破坏淮河水系。

多少代炎黄子孙，曾将根治的目光投向它，而最终都落得个摇头叹息，无能为力，它可以称得上是世界上最难治理的河。

新中国成立之后，领袖们再次将目光投向黄河。毛泽东第一次离京巡视的就是黄河。

1952 年 10 月 31 日，在离开开封时，毛泽东发出了“要把黄河的事情办好”的号召。

经过毛泽东对黄河的深切关怀与努力，使黄河治理规划由原来的“黄河水利规划”提高到了“黄河综合治理规划”的水平，为中共中央政治局讨论全面治理黄河的“规划”和提交第一届全国人民代表大会二次会议作出“黄河综合治理规划”的决策，做好了充分准备。

1953 年 2 月 15 日，毛泽东起程去南方，主要去视察长江，并顺路到郑州看一看黄河的情况。专列开动后，毛泽东看着图纸上的三门峡，问随行的黄河水利委员会主任王化云：“三门峡水库修起来，能用多少年?”

王化云说：“如果黄河干流 30 个电站都修起来，总库容约占 2000 亿至 3000 亿立方米，这样算个总账，不做水土保持及支流水库，也可以用 300 年。”

毛泽东笑了：“300 年后，你早就有重孙子了。”说得王化云也笑了起来。

毛泽东呷了口茶，又问：“修了支流水库，做好水土保持能用多少年?”

王化云说：“用 1000 年是可能的。”

王化云是极力主张修大水库的，他很希望毛泽东此时能拍板定下来。

但毛泽东在大事上是谨慎的，在没有弄清利弊关系之前，他不会轻易拍板。他的提问却使王化云始料不及。

毛泽东问：“那么1050年怎么样呢？”

“这……”王化云搔起头发，脸上红了一下，“到时候再想办法。”

毛泽东发出一种胜利者的笑声：“恐怕不到1000年就解决了。”他抽着烟，思路又回到现实，问：“三门峡水库定了没有？”

王化云回答：“还没有定。”

毛泽东问：“三门峡水库有四个方案，你认为哪个最好？”

王化云说：“修到360米这个方案最好。”

毛泽东接着问：“那么多移民往哪里移？”

王化云回答：“有的主张往东北移，那里土地肥沃，地广人稀；有的主张往海边或者绥远移；有的则主张就地分散安置，不一致。”

毛泽东问：“你主张移到哪里？”

王化云说：“移到东北去，对工农业以及国防都有好处，就是多花点钱，我也主张移到东北。”

毛泽东将视线移到图纸上，盯着三门峡的位置看了许久，说：“我再问你，三门峡水库修好后，黄河能够通航到哪里？”

王化云回答：“能通航到兰州。”

“兰州以上能不能通航？”

“目前还没有考虑。”

毛泽东再次陷入沉思……

1954 年 2 月，毛泽东由南京回北京的途中，为检查指导《黄河综合治理规划》问题，特地落宿在郑州北站的专列上。

这天却恰巧下起了漫天纷飞的鹅毛大雪，瞬息之间，就铺天盖地把大地上的一切都覆盖起来了。

毛泽东主要听取了赵明甫对于“黄河综合治理规划”和水土保持工作的汇报。结束时，毛泽东指着《黄河综合治理图》对赵明甫说：“这图是否可以给我?”

赵明甫说：“欢迎主席审阅。”然后就将图交给了毛泽东。

1954 年 6 月，在苏联专家的协助下，完成了《黄河综合利用规划技术经济报告》。

1955 年 5 月 7 日，国务院和中共中央政治局讨论研究了黄河规划问题，国务院和中共中央认为，这个规划虽然还只是一个轮廓，它的具体工程和项目中的许多地点、数字还有待于进一步研究确定，但是它的原则和基本内容是完全正确的。并决定提交即将召开的第一届全国人大二次会议讨论。

同时，又决定由国务院副总理邓子恢代表国务院在第一届二次人民代表会议上做《关于根治黄河水害和开发黄河水利的综合规划的报告》。

1955 年 7 月 5 日下午，中华人民共和国第一届全国人民代表大会第二次会议在北京中南海怀仁堂开幕了。

7 月 18 日，国务院副总理邓子恢代表国务院在会议上作了《关于根治黄河水害和开发黄河水利的综合规划的报告》。

国务院根据中共中央和毛泽东的提议，请求第一届全国人大二次会议采纳黄河规划的原则和基本内容，并通过决议要求政府各有关部门和全国人民，特别是黄河流域的人民群众一致努力，保证第一期工程按计划实现。

7 月 30 日，第一届全国人民代表大会第二次会议在热烈的掌声中一致通过了《关于根治黄河水害和开发黄河水利的综合规划的决议》，批准了黄河综合规划的原则和基本内容及近期实施计划。

成立三门峡水利工程局

1955 年 12 月，国务院决定成立黄河三门峡工程局，任命刘子厚，为黄河三门峡工程局局长，王化云、张铁铮、齐文川为副局长。

在新中国刚刚成立、国家百废待兴的形势下，周恩来为了创建一支机械化的水利施工队伍，培养出技术一流的人才，建设成高质量的工程，他要求将黄河三门峡水利枢纽工程作为培养队伍的大练兵场、大军校，并一直关注黄河三门峡这支水利施工队伍的组建。

周恩来要求水利部、电力部李葆华、刘澜波两位部长推荐有经验的领导干部、技术全面的工程技术人员，选派到三门峡去。

刘子厚当时是湖北省较年轻的省长，有领导治理长江荆江工程的经验。

刘子厚 1909 年生，河北省任县人。1929 年 10 月加入中国共产党并参加革命工作，1929 年至 1937 年在河北省任县从事中共地下工作，参加组织并领导冀南暴动。曾任中共任县县委书记，中共冀鲁豫特委冀南地区特派员，中共冀南滏西特委组织部部长、军事部部长，中共滏西特委书记，中共中央北方局兵运领导小组副组长等职，在北平从事地下工作。

1935年，刘子厚参与领导发动冀南农民暴动，成立中国工农红军平汉线游击队，任队长。1936年将游击队扩大成立华北人民抗日救国军第一师，任师长。他率部在冀南进行抗日反蒋游击斗争，扩大了抗日救国宣传运动。

1937年至1941年，刘子厚任中共豫南特委统战部部长兼军事部部长，中共鄂豫区委委员，中共鄂豫区信应地委书记兼新四军信应游击总队政治委员。

1941年“皖南事变”后，1941年至1945年任新四军第五师第二纵队政治委员，鄂豫边区行政公署副主任、党组书记。参加创建发展鄂豫边抗日根据地进行抗日游击战争。

1945年至1949年，刘子厚任中原行政公署副主席，鄂西北行政公署副主任，中共鄂西北区第四地委书记兼鄂西北军区第四军分区政治委员，中共鄂豫区委副书记兼鄂豫行政公署主任。参加了中原突围和转战大别山的解放战争。

1949年5月至1951年8月任中共湖北省委常委、省委组织部部长兼省委纪律检查委员会书记。1951年8月至1952年11月任中共湖北省委第二副书记兼省委组织部部长、省委纪律检查委员会书记。1952年11月至1956年11月任中共湖北省委第二书记，1952年9月至1954年1月任中南军政委员会委员、中南行政委员会委员，1952年12月至1954年11月任中共中央中南局委员。

第一副局长王化云，1908 年生，河北馆陶人。1935 年毕业于北京大学法律系。1938 年加入中国共产党。曾任冠县县长，鲁西行署、冀鲁豫行署处长，冀鲁豫边区黄河水利委员会主任。

新中国成立后，王化云历任水利部副部长兼黄河水利委员会主任、河南省第五届政协主席。他是第一至六届全国人大代表，长期致力于治理黄河工作。

王化云先后提出了“除害兴利、综合利用”“宽河固堤”“蓄水拦沙”“上拦下排”等治黄措施。

王化云在治黄实践中，还十分重视古代治黄技术经验的借鉴和利用，同时又不断改革发展和创新，以毕生精力为治黄事业作出不懈努力。

在解放战争期间和新中国建立初期，王化云在党的领导和群众的支持下，提出“宽河固堤”的治河方针，在旧社会遗留下来的低矮残破、千疮百孔的堤防基础上，发动组织沿黄人民群众，大力复堤整险，加固堤防，整治险工，强化人防。

在极端困难的条件下，“一手拿枪，一手拿锨”与蒋军和黄患展开了殊死搏斗，克服了种种艰难险阻，终于战胜了 1947 年、1948 年、1949 年发生的大洪水，彻底粉碎了国民党政府策动的水淹解放区的阴谋，迎来了新中国的诞生。

1950 年，王化云又提出“依靠群众，保证不决口，不改道，以保障人民生命财产安全和国家建设”的方针。

从50年代起，在国家财力、物力大力支持下，他亲自领导，对黄河下游实施了三次大规模修堤工程，全力加高培厚堤防。

由于王化云精通黄河的历史和现状，毛泽东风趣地称他为“黄河”，后来人们就尊称他为“老黄河”。

张铁铮，1910年9月出生，辽宁省沈阳市辽中县人。1933年5月参加革命工作，任北平反帝大同盟东区书记。1937年春在北平参加中华民族解放先锋队。

抗日战争开始后，张铁铮先后任太原平津流亡同学会交际干事、冀游司令部秘书、主任。1940年在一二九师轮训队学习后，任晋冀鲁豫边区政府建设厅工商科科长、工商第五分局局长。1942年12月加入中国共产党。

1945年在东北先后任东满铁路局秘书长，东北铁路佳木斯办事处主任，丰满水电局局长、党委书记。1950年8月后，历任中央燃料工业部水电工程局副局长，水利电力部水利水电建设总局副局长。

经过电力部的推荐，张铁铮被选定担任黄河三门峡工程局的副局长。

齐文川，1915年1月出生于河北省鹿泉市牛山村。1932年加入中国共产主义青年团，1937年11月转为中共党员，曾任井陉三区区委组织委员、井获联合县科长、四区区长职务。

1940年8月，齐文川任建屏县第一任县长，1941年8月任中共正定县委书记，1943年3月返回建屏县任县委书记。1944 年 12 月调地委工作，1948 年南下后到河南，曾任洛阳市委书记、郑州市纺织机械厂党委书记、省人民政府基建局局长、省委工业部副部长。

齐文川当时在中共河南省委，分管基本建设的领导工作。

黄河三门峡地处河南省，需要有地方领导参加，有利于工作的开展，经河南省委推荐，齐文川被任命为黄河三门峡工程局副局长。

另外几位副局长还有：

谢辉，1909 年出生于山东莒县，1937 年参加革命工作，1938 年加入中国共产党。历任山东省民政厅厅长、省委工业部部长。

马兆祥，担任黄河规划委员会办公厅主任兼三门峡工程局驻京办事处主任，黄河三门峡工程局副局长。

王英先，1956 年从湖北省恩施地委调来三门峡工程局工作，开始担任筑坝二分局党委书记，因工作出色，1958 年被提升为工程局副局长。

刘书田，原为湖北省荆州地区青委副书记、湖北省团校校长，1956 年转入水电部门工作，历任三门峡工程局劳动工资处处长、工程局副局长等职。

秦定九，1957 年从福建省南平专员任上调到黄河三门峡工程局，开始担任局工会主席，筑坝二分局党委书记，于 1959 年 12 月被任命为黄河三门峡工程局副局长。

中共黄河三门峡工程临时工作委员会经中共河南省

委批准于 1957 年在三门峡正式成立。第一书记为刘子厚，第二书记为张海峰，成员有王化云、张铁铮、齐文川。

1959 年，经中共黄河三门峡工程局党的第一次代表大会通过，选举成立了中共黄河三门峡工程局委员会。先后担任书记、副书记的有刘子厚、张海峰、齐文川、秦定九、肖文玉、王干国、赵文华等。

当时黄河三门峡工程局总工程师的人选，都是从全国水利水电部门选任的知名学者和专家。

总工程师汪胡桢是从水利部北京勘测设计院被选调来的，此前他是北京勘测设计院的总工程师。

汪胡桢，1915 年毕业于浙江省立第二中学。1917 年南京河海工程专门学校毕业后，任全国水利局技士，不久回母校任教。后赴美国康乃尔大学深造，1923 年获土木工程硕士学位。

回国后，汪胡桢历任河海工程专门学校、中央大学、浙江大学教授。1929 年任国民政府导淮委员会设计主任工程师。1934 年应聘为整理运河讨论会总工程师。1935 年任经济委员会水利处设计科科长。

抗日战争时期，汪胡桢受中国科学社之聘编译书籍。抗日战争胜利后，任钱塘江海塘工程局总工程师兼副局长。1950 年任华东军政委员会水利部副部长，又任治淮委员会委员兼工程部部长。

1951 年，汪胡桢任佛子岭水库工程总指挥。1955 年任水利部北京勘测设计院总工程师，黄河三门峡水库工程局总工程师。

三门峡工程局副总工程师李鄂鼎此前是四川省狮子滩水电工程局的总工程师。

雷鸿基，是长江水利委员会工程总队主任工程师，1956 年调任黄河三门峡工程局副总工程师。

自黄河三门峡工程局领导班子成员的任命通知公布后，工程局于 1956 年 1 月 2 日在北京北郊六铺炕开始办公。

工程局的局长、副局长第一次会议就在这里的一间会议室由局长刘子厚主持召开。

在会上，他们对承担的任务认真地进行了分析研究，每个成员都做了明确分工，他们认真理解周恩来“建坝育人”的指示精神，更感到自己肩上的责任重大，决心认真学习，努力工作，不辜负中央领导的重托，把黄河三门峡水利枢纽工程建设好，将队伍组织好、带领好，为培养出一支现代化的水利施工队伍而尽职尽力。

1956 年下半年，在短短几个月的时间内，陆续组建起以局长为首的施工指挥部、施工管理的各个处室，以及以总工程师为首的施工技术指挥系统。

为了加强党的思想政治工作，经河南省委批准，成立了中共黄河三门峡工程局临时委员会，并建立了相应的办事机构和群团组织。

周恩来到三门峡工地视察

1958年4月21日，周恩来轻步踏过悬横在三门峡神门岛上的钢索吊桥，来到已经切去半边的神门岛。

周恩来挺身站立在高出水面数米的峭壁上，迎着峡谷的风，展望这征服黄河的伟大壮举。一边是滚滚黄河水，一边是沸腾着的大坝浇筑现场。

早在1952年，毛泽东第一次出京视察就来到了黄河，并发出了“把黄河的事情办好”的号召。

周恩来为了落实毛泽东的指示，他组织全国著名的专家学者，并聘请了苏联的水电专家，对黄河进行了全面的考察和技术论证。

经过几年的努力，做了大量的工作，绘制出中国历史上第一部全面治理黄河的规划蓝图，并于1955年全国人民代表大会第二次会议审议通过了全面治理黄河的规划报告，将三门峡水利枢纽工程列入了全面治理黄河的首批工程。

1958年4月21日，正是举世瞩目的三门峡水利枢纽宣告开工后的1年零8天。

此时，当周恩来俯视这里的一切的时候，发现这里与往日相比已经大大改观了：原来的三个石岛已经有一个半被削去了；三股大水融合为一股，缓缓地从大坝流过；那古老的娘娘河和巍峨的梳妆台已经消失了，而如今巍然屹立着高大的围堰，它和下边的隔墩、隔墙连接在一起，横卧在峡谷中。

如今，广大的工程建设者又立下了志愿：

提前一年拦洪，提前半年发电，提前一年竣工！

周恩来望着已经被劈开的神门岛的另一端。

黄河三门峡工程局局长刘子厚向周恩来介绍说："将来截流的时候，将有一股水从这里流出去，这样可以降低水位。"

周恩来点点头说："这个地方是不是要修一个闸门？"

刘子厚回答说："是的，是要修个闸门。"

9时，周恩来和彭德怀、习仲勋来到了三门峡。当火车在黄河三门峡工程局所在地史家滩上面的山崖上停下来之后，周恩来就和彭德怀徒步走下了盘旋路，顺着70多米高、坡陡40多度的山坡走了下来。

汪胡桢总工程师向周恩来介绍了工程以后，他们就开始走向工地。

当正在忙碌着的人们听说周恩来到了三门峡以后，他们都把目光投向了神门岛上端。

大家看到，周恩来穿着一身银灰色的服装，迈着矫健的步伐，沿着神门岛的木梯一级一级走了下来。

人群立即围拥过去。

周恩来慢慢地从人群中穿过向前，他踏上跑道站到了电站与泄洪孔之间的隔墩上，看了看已经浇筑的混凝土，又看了看正在绑扎钢筋的大坝廊道。

这时，有一位身穿工作服的青年干部上前同周恩来握了握手。

周恩来问："你叫什么名字？"

青年干部回答："刘冠三。我刚才是在大坝基坑里操纵风钻的，听说您来了，特地来看望您。"

周恩来问刘冠三："你是下放干部吗？"

刘冠三回答说："是做青年工作的。"

周恩来问："学技术了吗？"

刘冠三回答："学了一点儿。"

随后，周恩来和彭德怀从隔墩上走了下来，有几个青年姑娘簇拥过来。原来她们早就等候在这里了，她们是这里的清理工。

她们见了彭德怀，就认真而又略显稚气地向彭德怀突然立正高声说："元帅，您好。"

彭德怀笑着同她们一一握手，问道："你们都是转业下来的吗？"

姑娘们齐声答道："是！"

彭德怀笑着说："好啊！有这么多转业军人在这里，三门峡一定能很快建成。"

周恩来转过身来问她们："你们都是下放来的吗？"

“是!”

“做什么工作?”

陈贵云和丁隆光说：“清理工。”

周恩来风趣地问：“你们哭没哭啊?”

几个姑娘一齐回答说：“没有！不信您问我们的刘局长，他可以作证。”

刘子厚笑着说：“我可以作证，她们都没有哭。”

接着，周恩来沿着隔墩往下游走去，在一台由号称乌拉尔巨人改装的三立方吊车旁又停了下来。

周恩来看着吊车司机室里的青年技术员王华生，问道：“你工作几年了?”

当时马达正在轰鸣，王华生几次都没有听清周恩来说什么。

周恩来再一次提高嗓音重复问着。

王华生回答说：“工作 6 年了。”同时又伸出双手打了手势。

周恩来绕过混凝土隔墩，在三门峡叫张公岛的一个乱堆上停下，他俯视着左岸正在浇铸和清理坝基的现场，问刘子厚：“对面是什么岛?”

刘子厚回答说：“人门岛，现在只剩一个角了。”

周恩来又问：“哪个是神门岛?”

刘子厚指着最高的那座混凝土工程说：“纵围堰上边就是。”

周恩来接着问：“哪是娘娘河呢?”

刘子厚指着说："就是推土机工作的地方。"

大家从张公岛再往南边走，就是施工中临时架设的跨河浮桥了。

周恩来走上浮桥，在桥当中停了下来，他依着栏杆，迎着滚滚向东去的黄水，再次眺望三门峡中耸立的石岛和沸腾的施工现场。

周恩来看着屹立在河中心的中流砥柱问道："砥柱上的诗还有没有了？那是哪个朝代的诗？写的什么？现在还能不能看见？"

刘子厚一一回答着周恩来提出的问题："是唐太宗作的诗，魏徵写的字。年代已经很久了，诗也被风化得看不清了。"

三门峡河中有两座石岛，将黄河分为三股激流，由左至右，分别被称为人门、神门、鬼门，"三门峡"由此得名。

其下约400米，又有三座石岛挺立河中，右为中流砥柱，即古籍所载大禹治水"凿龙门，劈砥柱"的中流砥柱；中为张公岛；左为梳妆台，洪水之际，浊浪排空，惊心动魄，是黄河潼关以下最险恶的地方，素有"三门天险"之称。

每次舟船从"人门"过峡，必须对准下游中流砥柱石直冲过去，方能脱险，否则必有船翻人亡之祸。

周恩来望着无数巨龙般扭在一起的河水飞旋而下，然而一撞击突兀而立的中流砥柱，便粉身碎骨，化作千万朵雪团般的浪花。

周恩来看着中流砥柱，他若有所思地说："砥柱就那么点大，冲刷了多少年还在那里。"

接着周恩来指着"三门"又问道："三门中哪条河是主流？"

刘子厚告诉周恩来说："神门河是主流，流量最大，水也最深。发电站的石址就在那里。"说着他拿手指了指前面大坝的位置。

周恩来详细地看了三门峡的地形后，非常满意地说："地址选择得好啊！就像长江三峡一样。"

周恩来走到右岸，走上了一个陡坡。这时修筑公路的工人已经开始在路旁休息吃饭了。

周恩来向他们面前走去。

民工任聚山、李长河一手拿着馍，一手端着碗。周恩来问他们都是从哪里来的，他们告诉周恩来说是从临汝县、宝丰县来的。

周恩来问："来几年了？回过家没有？"

几个民工一边吃着饭一边毫无拘束地回答说："1956年来的，没有回去过。"

周恩来详细地问他们："一天吃几顿？一个月多少工资？一个馒头多少钱？每月除吃还能剩多少钱？"

另外，周恩来还问到他们的文化学习情况，嘱咐他们抽空学习。他说："将来三门修好了，文化也要学好啊。"

周恩来离开民工看了看隆隆轰动着的一级水泵站后，来到正在安装机器设备的空气压缩机厂房。他看到工作着的技术工高洪裕，问：“你的工作什么时候完?”

高洪裕回答说：“快完了。”

这时，周恩来发现高洪裕背后有一个十七八岁的年轻徒工，就问：“你叫什么名字？哪里人？从什么地方来的?”

那个年轻人回答：“我叫沙俊祥，江苏宜兴人，从狮子滩来的。”

周恩来说：“宜兴出陶瓷，有沙子，正好同你的姓一样，这里也是出沙的。”

一句话引得大家都笑了。

周恩来又问了沙俊祥一些日常问题以后，他拍了拍沙俊祥的肩膀说：“你可以以天下为家了，好好跟师傅们学习技术。”

周恩来边走边问动力分局主任工程师钱汝泰：“你管什么?”

钱汝泰回答说：“管风、水、电。”

周恩来笑着说：“风、雨、雷、电四大金刚，你就管了三项哪。”

周恩来回到厂房门口的时候，看到了女学工王秀荣。她是动力分局管机维修班的。

当周恩来同王秀荣说话的时候，她的眼睛睁得大大的。

周恩来问："你是从哪里来的。"

王秀荣回答说："我是河北行唐县人，从官厅来的。"

周恩来又问："学会了技术没有？"

王秀荣回答："简单的会，复杂的还不会。"

周恩来和蔼地对王秀荣说："这么多的老师傅，你要向他们学。"

在周恩来的日程表上，有一项经常性的工作就是黄河治理问题。他的策略是把黄河大堤加高加厚，以治标辅助治本。

1950 年政务院讨论治淮工程时，就有人提出为何不同时治长江、黄河、汉水？

周恩来说，原因是淮灾最急，而要治黄也不是那么容易，要有更大的计划，不是一年内勘测得清楚的。我们现在做任何一件事，必须要有材料，没有材料，盲目干就会出乱子。他还举了过去解放区有一位热心人在河北平原修运河，修到中间遇到沙滩而不得不半途而废的故事，说明没有充分的材料是不好随便下手的，需要知识，需要材料，需要勘察，需要统计，需要技术，总起来说需要时间。

1952 年 3 月 29 日，他写信给毛泽东并其他领导人，请他们审阅批准 1952 年的水利工作决定。

1953 年是我国由经济恢复阶段走向第一个五年计划建设的第一年。苏联政府援助我国建设的 156 个项目的主要部分正在磋商。

在水利部和黄河水利委员会的要求下，经周恩来与苏联政府商谈，决定将根治黄河列入苏联援助项目。

1954 年 1 月，以苏联电站部列宁格勒水电设计院副总工程师柯洛略夫为组长的专家组来华。他们在研究了中国各方面准备的基本资料后认为，现有材料已具备编制《黄河综合利用规划技术经济报告》的条件。

2 月至 6 月，中苏专家 120 余人，行程 1.2 万公里，进行黄河现场大勘察。苏联专家肯定了三门峡坝址。柯洛略夫说："任何其他坝址都不能代替三门峡为下游获得那样大的效益，都不能像三门峡那样能综合地解决防洪、灌溉、发电等各方面的问题。"

全国人大一届二次会议后，周恩来具体负责三门峡工程机构的组建工作。当时，撤销了燃料工业部，分别成立煤炭、电力、石油部。成立三门峡工程局，首先遇到的是这个局究竟是姓"水"还是姓"电"，即由水利部领导还是由电力工业部领导的问题。

因苏联未设水利部，所以按苏联专家的意见，三门峡水电站应属电力工业部。再说三门峡水电站归根结底是要发电的，是两个五年计划中规模最大的电力工程，电力工业部在改建小丰满水电站中已经培养了一支不小的施工队伍，三门峡应该姓"电"。

而水利部的意见也不能说没有道理，他们亮出的一张王牌是，新中国成立后的全国重大水利工程都是在水利部领导下进行的，经验自不待言，技术力量也很整齐，虽说水电站最终是要用来发电的，但建造水电站，首先要制服水，没有水，哪来电？三门峡应该姓“水”。

两“兄弟”争论不休，“官司”又要周恩来来判决。

为此，周恩来于1955年11月2日主持国务院常务会议，专门研究了两部的意见。

12月1日，周恩来打报告给毛泽东及中央，指出：

> 必须集中两个部的技术力量和建设经验，共同负责，通力合作，各有关部门也必须大力支持……如果存有任何单干的思想则是错误的。我认为苏联不设水利部的体制不适宜中国，因为中国的河流很多，防洪、灌溉等水利工程的工作量极为繁重，而且考虑到电力工业的发展趋势，在第三个五年计划之后，水力发电比重将会超过火力发电，水电与火电的建设工作今后势必由两个部门分别管理。因此，水利部不仅现在有必要存在，将来除了农田水利外，作为水电工作的领导部门也是需要的。
>
> 我建议，在黄河规划委员会的领导下，由两部共同负责，并吸收地方党委参加组成三门峡工程局，统一领导三门峡的设计施工工作。局长、副局长应该是专职干部，建立首长负责制；为着加强政治领导，工程局不应该受河南省委的领导。

周恩来根据两部党组的干部配备方案，拟调湖北省省长刘子厚任局长，黄委会主任王化云、电力工业部发电建设总局副局长张铁铮、河南省委委员齐文川任副局长。

12 月 6 日，国务院批准了以上任命。第二年 1 月初，三门峡工程局在北京开始办公。

7 月 2 日，周恩来同三门峡工程有关部门和地方的同志谈话，7 月 3 日，他接见了参加三门峡工程的苏联设计专家。7 月 27 日，三门峡工程局移驻三门峡工地。

1957 年 4 月 13 日，三门峡水利枢纽工程隆重剪彩开工。水利部、电力工业部在新中国成立后曾有过分合的历史，在三门峡开工前，水利部曾正式提过意见，将水电总局合并到水利部，国务院没有同意，仍决定三门峡工程由电力、水利两部共同负责。

因此，南宁会议上才作出两部合并的决定，以求两者矛盾在一个部门内部协调解决。人们说，在这以前的六七年中，水电建设的处境确实是相当困难的，如在夹缝中生长。

当时三门峡的主体设计都委托给了苏联专家，设想是对黄河泥沙采取拦蓄为主的方针，首先以三门峡巨大的库容拦蓄，同时大力开展水土保持，以此来减少泥沙来源，从而维护干支流水库的寿命。

根据这个设想，三门峡的设计蓄水位是海拔 360 米，相应库容 647 亿立方米，水库回水末端到达西安附近，关中平原需要大量移民。对这个设想规划，主要是三门峡水库的淤积问题引起了一系列争论。

一开会，或者是几方面人士碰面，一提到三门峡，就有人说：“这个水库很快地淤死了，那么还有修的必要没有呢？”

“怎么没必要？”反对者说，“可以把坝再提高一下嘛，所谓兵来将挡，水来土掩！”

又有人摇头：“不是不是。就是把全部泥沙都放下去，不发电，不灌溉，只要将洪水拦一下，然后再放出去不就挺好嘛！”

直到开工了，争论还在继续。陕西的同志要求重新商议设计方案。

事关重大，周恩来不认为这种争论有什么不好，只要时间允许，肯说话，敢说话，就是唯物主义的态度。他特地搬来了两位对西北很有影响的人物——彭德怀和习仲勋，一起到三门峡工地参加讨论。本来这个会是要在北京开的，为了结合实际，吸收各方面人士的意见，他决定改变会址，到三门峡工地去开现场会。

现场会也如同工地的情景一样，开得热烈活跃。人们认真听着彭德怀和习仲勋的讲话，掌声如潮。

陕西省来了不少人，他们一开口如同秦腔一般高亢，也不隐讳自己的观点：“三门峡水位高了，西安地区的土地碱化就会加重，粮食作物将会大面积减产……”

4月24日是会议的最后一天，周恩来作总结发言。他开宗明义地提出，开会的目的是要听取许多同志的意见，特别是反面的意见，这个会是有意识地要听取许多同志的意见，树立对立面。他认为："如果这次是一个我们在水利问题上拿三门峡水库作为一个中心问题，进行在社会主义建设中的百家争鸣的话，那么现在只是一个开始，还可以争鸣下去。"

现场会上，有的同志对水土保持的速度和减沙效果估计过高，周恩来泼了冷水。他说：

> 有些问题，我们能够解决就解决，不能解决的后人会替我们解决的，总是一代胜过一代，我们不可能为后代把事情都做完了，只要不给他们造成阻碍，有助于他们前进就是好的。

周恩来虽然指的是治水，可这由衷之言却反映了他的哲学思想，即一个"稳"字。

三门峡的一个具体问题就是确定正常高水位。1954年定为350米，后来又抬高至360米，大坝泄水孔底槛高程为320米。而正常高水位的抬高，将增加土地淹没、泥沙淤积和移民问题。陕西省对此意见很大。

周恩来支持中国专家多次提出的降低泄水孔底槛高程的意见，可苏联方面说闸门启闭有困难，修改设计可能要延长工期，认为降到310米比较经济合理。

在这次会上，周恩来说："三门峡水库泄水孔底原定320米，这就太高了。320米就是高出库底42米，是不是能够降低？我们说可以减低到300米，但是和苏联专家商量，最多让步310米，不然关闸比较困难……还可以继续争一争，看是不是能改到300米，因为减低一点，总可以使泥沙多冲出去些。"

在周恩来等人的努力下，泄水孔底槛高程最后降至300米。

1959年10月12日，周恩来再次来到三门峡工地，并主持现场会。按他的老习惯，每到一地，只要时间允许，他都要看看第一线和后勤的普通工作者，往往他们最辛苦。

周恩来同他们握手，有时问候几句。许多人的手上还沾着油污，来不及擦洗，便被他握住。当他路过一座30多米高的塔吊时，恰巧女司机小郭顺着扶梯走下来。

周恩来笑呵呵地握住她的手，问："塔吊这么高，怎么上去的？一天上下几次？"

小郭红着脸一一作答，周恩来高兴地点头。

周恩来来到另一座龙门吊跟前，朝上看了看，扶着梯子就要上去。跟随人员有些紧张："首长，这太危险了！"

周恩来笑笑："人家一个姑娘都能上去，不要紧的。"他顺着扶梯上到顶，朝四周看去，整个工地全景尽收眼底。

这时闻讯赶来的群众越来越多，都想看看周总理。一个小伙子嘴里嚼着馍，使劲往前挤，工作人员正要阻拦，被周恩来发现了，他招呼小伙子上前，问他吃的什么，小伙子不好意思，说是馍。

周恩来从他手里接过馍，掰了一块放进嘴里尝尝，说好吃，周围的人都笑了起来。

这次现场会有中央有关部门与河南、陕西、山西、湖北等省负责人参加，讨论了三门峡工程1960年汛期拦洪蓄水和以后继续根治黄河的问题。

周恩来在会上发言说：

> 根治黄河必须在依靠群众发展生产的基础上，大面积地实施全面治理与修建干支流水库同时并举，保卫三门峡水库，发展山丘地区的农业生产。

周恩来还就控制水土流失问题谈了自己的看法。

1961年10月8日是周恩来第三次来到三门峡的日子。他这次是和陈毅副总理陪同尼泊尔马亨德拉国王来视察水电站的。

这时的中苏关系已出现裂痕，随着全国大批撤走的专家和停运的设备，三门峡工程也面临停顿的危险。

毛泽东迎接挑战，他号召全国人民咬紧牙关，勒紧裤带，一切靠我们自己。

1960年大坝拦洪后，急需安装启闭闸门的350吨门式起重机，合同规定由苏联供货，苏方却有意拖延不供，我国自己也生产不了。

周恩来决定我国自己设法制造，并亲自责成有关部门，为三门峡解决困难。

太原重型机器厂承担了此项任务，解决了三门峡的燃眉之急。

苏方还将大型水轮机的全部焊接技术资料扣留不给，使得运输困难而铸成两半的水轮机转子运来后也无法安装。

焦急的周恩来亲自请来沈鸿、李强、冯仲云等人，研究具体解决方法。他在三门峡工程局上报的试验计划上批示，把全国各地有丰富焊接经验的老工人和专家集中起来，集体攻关。他让机械部和水利电力部的负责人到现场指挥。

结果在沈鸿主持下，找到了解决办法。在周恩来陪外宾到来之前，已经开始焊接。

不久，水轮机转子焊接完成。第二年的2月，第一台发电机组安装完毕，并进行了试运转。后来三门峡改建时，将其拆除，把它重新安装到了丹江口水电站。

二、勘测与设计

●勘察队找到了黄河的发源地，大家高兴地搬来了一块黄河河源的大石头，在上面刻上“河源之石”4个大字，纪念勘察的胜利。

●奥加林爬上爬下，不断地用手锤敲打着石头，紧张而敏捷地详细勘察了左岸，又勘察了右岸，还详细地验查了钻探的岩心，并热情地向中国地质人员讲解今后工作中应该注意哪些问题。

●王化云、赵明甫联名报送《治理黄河初步意见》，文中提出：解除黄河下游洪水为患的方法，应选择适当地点建造水库，陕县到孟津间是最适当的地区，这里可能筑坝的地点有3处，是三门峡、八里胡同和小浪底。

艰苦勘察黄河源头

1952年8月2日，为了较缜密地勘察黄河河源，黄河水利委员会的黄河河源勘察队，在黄河水利委员会办公室副主任项立志和工程师董在华的率领下，从开封出发，去进行河源的勘察工作。

伟大的黄河，被称为中华民族的摇篮，它的流域面积有75万平方公里。黄河蕴藏着无限丰富的资源，给中国人民以舟楫灌溉之利。

旧中国历史上的许多统治者，由于腐败或无能为力，使黄河成为世界上有名的害河，平均每两年就要决口泛滥一次。中国人民因此而遭受的损失，平均每年就有2500万银圆之巨。

新中国成立后，黄河在人民政府的大力修防下，已经成功制止了决口泛滥之灾。

在此时，人民政府又在大力筹备治黄工程，兴修水库，把害河变为利河。利用黄河丰富的资源，达到为大规模经济建设服务的目的。

勘察队的工作历时4个月，行程约5000公里。他们曾经在一连22天的行程中仅遇到4人，并两次跨过海拔近5000米的巴颜喀拉山，找到了黄河的正源，获得了许多新的发现。

勘察队走了12天后，来到了青海省人民政府所在地西宁。在省人民政府的协助下，他们继续紧张地进行了各项准备工作。

因为黄河上游是藏胞居住的地方，勘察队就访问了青海省民族学院的藏族学员，和省人民政府到过藏区的工作人员，了解藏族同胞的生活习惯，新中国成立后的生活变化等。

勘察队买了许多准备送给藏族同胞的红茶、纸烟、布、绸缎等礼物，并用了173头牦牛驮运了4个月的粮食和生活用品，还买了62匹马供人骑用。

队员们每人穿上了10多公斤重的老羊皮大衣，另外还穿了皮背心、皮裤、皮袜、皮靴，戴上了皮帽、皮手套，浑身上下全是毛皮，这些穿戴共有20多公斤。所以当62个人的勘察队9月3日从西宁出发的时候，大家望着自己奇异笨重的服装，都不禁笑了起来。

勘察队经过湟源县境的半农半牧区，到了日月山。往前看是一望无际的草原，没有树木。小草紧紧地贴着地皮，牲口走过的道路，在草原地上画了一道印痕，路旁杂陈着各种兽类的白骨和牛粪。

风呼啸着扫过草原，人们呼吸开始急促起来，牛马行走得也更加缓慢了。

这天，大家不得不从早到晚赶了50多公里路，越过水草有毒、人和牲口吃了都要中毒身亡的地区。随后，勘察队走到离西宁500公里的青藏公路上，在这人迹罕见的地方正式开始勘察。

这时是9月天气，内地秋天的炎热余威未退，但这里的气候白天也在零度上下，夜晚最低时竟低到零下30度。

这里每天都刮着大风，许多小石子都被风刮起。因为风大，4米长的地形尺，两个人都撑不住，另外还得有一个人在侧前方用绳拉着，才能观测。

看经纬仪的人从镜内看着，地形尺和人就像跳舞一样，眼睛还经常泪流不止，调整地形尺的手指冻得像铁钳子一样笨拙。

史宗浚因为绘图不能戴手套，白天绘了图，晚上还要修正，别人在地形图上发现了血迹，问史宗浚时，他才知道手冻得裂口出了血。

这个地方海拔已经在4000米以上，越往西走，地势越高，空气越来越稀薄，呼吸更加困难，人像害了严重的心脏病，一动就要气喘。

勘察队从天刚亮一直紧张地工作到天黑，大家吃不到热食，夜晚寒风摇动着帐篷，虽然铺的盖的都是皮毛，但仍然冻得伸不直腿，露不出头来。

这些困难，都被大家为祖国人民谋幸福的热情战胜了。

在人手不够的时候，项立志给电台摇马达，有时也当测工。董在华工程师在工作的空隙，戴着口罩和大家一起到草原上拾牛粪做燃料，他们一边走一边勘测，一天上下马十五六次，每天都要测绘 20 多公里。

沿黄河西行，3 天后到了扎陵湖。再走一天，又到了鄂陵湖。两个湖周围都有 100 多公里，清澈晶莹的湖水，白花四溅，看到这美丽的景色，大家不觉心旷神怡。

到鄂陵湖的那天正好是国庆节，附近没有居民，勘察队白天包了牛肉饺子会餐，晚上就和同伴的藏、回两族兄弟举行庆祝国庆节的娱乐晚会。大家有的吹起横笛，有的配着口琴，汉、回、藏三个兄弟民族一起狂欢歌舞。

从鄂陵湖再往西，人迹更是少见，也没法找到向导，按照地图，已经进入了星宿海。

这里河流很多，不知哪条是正源，勘察队只好顺着一条最大的源流而上。

走了一天，发现了一个乱水滩。水像蜘蛛网一样在荒草滩上流着，找不到一条像样的河水。

负责的人便派人四处寻找河水，晚上大家研究情况。

第二天，拣了南边最大的一条河进行勘察，又走了 3 天，发现草原上密密地摆列着大小不一的水池，才知道这就是有名的星宿海上端。

池的西南边，有一座隆起的高山，山岭白雪皑皑，中有一峰被群山环抱，有人猜想这是噶达素齐老峰，但也有人怀疑。

第二天大家分头寻找河流，发现从西南流来一条河水。项立志对大家说："要永远跟着黄河走。"

大家也都下定了决心："不到河源心不死!"

勘察队溯流上测，河水尽头，到了一个山口，这里海拔4670米。再走五六里翻过山口，发现一条小河向南流去。

这时，勘察队偶然遇到两个过路的藏民，这是从黄河沿岸出发的22天中遇到的4个藏民中的两个，另外两个是在左谟雅遇到的。

这两个藏民说："这个山口叫尕曲合朗格拉山口，是黄河和长江的分水岭；北边的水流入黄河，南边的水流入长江，黄河和长江在这里相距十来里路。"

听到这里，勘察队中有人高兴地叫了起来，大家都忘记了疲劳。

两个藏民又说："那个高山叫喀喇哦尕拉左马山，意思是白面女神。"

勘察队再问他们哪是噶达素齐老峰，他们说了附近许多山名，却没有一个是叫噶达素齐老峰的。

他们说："顺着山口南面的色吾渠往西南走，一两天就可以到曲麻莱设治局。"

勘察队得知这个消息，大家都喜出望外。

勘察队到了曲麻莱设治局，他们受到了米福堂主席和全体工作人员的热情欢迎。

五星红旗高高地悬挂在帐篷上，帐篷里边正中挂着毛泽东像，两边挂着朱德和周恩来的像，还有毛泽东对少数民族的亲笔赠言。

米福堂和设治局的全体工作人员，都怀着兴奋的心情，对大家讲了人民政府对少数民族的关怀。当时项立志把毛泽东像送给了他们。

设治局热心地给勘察队请向导，帮助买羊、买酥油等食物。米福堂特地请他的一位亲戚画了附近的地形草图。

此后，勘察队顺着长江上流的通天河向西北而行，到通天河与曲麻莱河汇流的地方，又顺着曲麻莱河折向东北，到了高达5440米的一座山前。

大家看到，山上的积雪闪着寒光，山状雄伟，山沟内到处渗流着小溪，向四方奔流。往南流入长江，往北流入柴达木盆地。

往东流的一小股，据附近藏民同胞说，就是黄河的正源头，名叫约古宗列渠，渠就是河的意思。

当地藏民流行这样一首歌谣：

马寒巴，雅达约古塞；约塞巴，雅合拉达合泽。

意思是："黄河水从哪里来？约古宗列，约古宗列的老家在哪里？雅合拉达合泽。"

勘察队找到了黄河的发源地，大家兴奋得睡不着，嘴里不住地学念着藏民们的藏语歌谣，并且高兴地搬来了一块黄河河源的大石头，在上面刻上"河源之石"4个大字，纪念勘察的胜利。

勘察队在黄河发源地拜访了扎木托百户，受到了一次热情的欢迎和招待，扎木托的妻子做了最好的饭菜款待客人。

谈话中，扎木托一再感激毛主席、中央人民政府给他们带来了幸福的生活。当勘察队送给扎木托毛泽东像时，他们一家都喜笑颜开。

扎木托指着毛泽东像问他五六岁的女儿："这是谁？"

小女孩兴奋得几乎跳起来，大声喊着："毛主席！"

扎木托替勘察队买了各种必需的食物。勘察队离开那里的时候，扎木托一位正在缝制皮衣的亲戚甘禅和一位小喇嘛自愿当向导，领着勘察队顺着约古宗列渠往东行，又测了喀喇渠和多渠，然后到达扎陵湖口，接着从原路往回走。

大家谈论着黄河发源地的地形和富饶的资源，想象着伟大的治黄工程，看着那些热情洋溢的藏族同胞，唱着新学会的藏族歌谣，离开了黄河上游的草原。

1952 年 12 月 23 日，勘察队回到开封，胜利地完成了勘察黄河河源的任务。

精确勘察黄河沿线

1955 年 7 月 18 日，中华人民共和国国务院副总理邓子恢在第一届全国人民代表大会第二次会议上，作了《关于黄河水害和开发黄河水利的综合规划的报告》。

早在全国解放不久，为了根治和开发黄河，有关部门就开始了黄河自河源到海口及广大黄土区的勘察工作，并进行了大规模的地形测量、地质勘探及水文资料的整理工作。

这些辛勤的劳动，使综合利用黄河的规划工作有了一定的资料基础。

1954 年年初，由苏联水工、水文、地质、施工、灌溉、航运等各方面的专家组成的苏联规划专家组到达北京后，认为这些资料基本上已经够作为编写报告的根据。

但为了深入实际了解黄河实况，听取地方上对治理黄河的意见和要求，解决黄河全面综合利用的关键问题，在室内规划工作开始后不久，就由黄河规划委员会组成了一个空前强大的勘察团向黄河出发了。

参加勘察团的有水利部副部长李葆华，燃料工业部副部长刘澜波，还有 9 位苏联专家和许多中国的工程师。

当时虽然已经是初春，但黄河两岸的寒风仍然刺骨，雪花还在天空飘着。

勘察团首先来到黄河下游地区，在沿河的险工地点，在黄河海口的大孤岛上，在水文站测流处的岸边，开始实地研究。

黄河自孟津以下，800 公里的河道两岸，蜿蜒着漫长的大堤，河水像一条泥黄色的水龙被绷带缠在两堤之间。大量的泥沙导致河底逐年淤高，使堤间的河床高出了堤外广阔的土地。大堤上，用秸料石块筑造的险段几乎一个接着一个，摆设的警钟每隔几里就有一个。

大家勘察的许多险段都是以往曾经数次决口的地点。当大家站在清咸丰五年铜瓦厢旧决口的东坝头，看到决口改道前枯干的旧河道及残留的堤防，又望见滚滚的黄水奔流在现有的河道之中，真不敢想象这样的巨流会在瞬息之间冲破大堤，作 90 度的大转弯，流向完全另外的一条道路上去。

当时，有多少农田被淹没，有多少房屋被冲走，有多少人丧失了生命。

大家在花园口望着那在决口地点的堤外曾经被洪流冲击，至今仍残存着的深水坑，想起国民党军队在这里扒开大堤，利用黄河本身的弱点屠杀人民时，心中都充满了愤恨。

勘察队在济南、开封、郑州听取了当地政府机关负责人的报告，这些报告都提到黄河在历史上造成的许多严重的灾难，都提到黄河南岸的人民对根本解决黄河水患问题和开发黄河的迫切愿望。

勘察的途中，大家也很清楚地看到，新中国成立以来黄河的堤防有了极大的改进，大堤加宽加高加固了，堤坡种植了树苗，大堤上钻探工人正在利用自己创造的钻探法，寻找堤身的隐患，加以填补。

堤坝外面，修补险段的材料堆积如山，时刻准备抵御洪水的冲击。长达 1500 米的石头桩溢洪堰也修建起来了。

这一切都使人想到，新中国成立以后黄河能安全地度过汛期，几年都没有决口，这并不是偶然的。

但是，由于泥沙和洪水问题没有根本解决，黄河水害的威胁并没有消除，两岸人民的生活仍然得不到安宁。尤其是在滞洪区的百万人民，每年汛期时时刻刻需做搬家的准备，每年防汛紧张危险的情况仍然不能解除。

这一路上，大家看到两堤之间汹涌澎湃的浊流，也看到堤外得不到灌溉的广阔土地。所见所闻，使他们更加明确了根治黄河水患，大规模利用黄河发电、航运等事业是多么重要而迫切的问题。

勘察队在结束下游的勘察工作后，大家来到了三门峡坝址。

在这里，两岸的火成岩和河中间两个大的岩岛，造成了建造拦河坝极其优越的地形和地质条件。勘察团的人都十分高兴。苏联专家见到闻名已久的三门峡，更是不断称赞，表示终于满意地找到了为根除下游洪水灾害、达到综合利用目的而需要的巨大蓄水库的拦河坝地点。

在河水奔腾，水势澎湃的岸边，中国的工程师向苏联专家介绍着“鬼门”“神门”“人门”的情况，看着未来坝轴线的位置，对施工堵流的先后次序展开了热烈讨论。

60多岁的老地质专家奥加林是最忙碌的一个，他爬上爬下，不断地用曾经跟随他几十年、跑遍了全苏联的手锤敲打着石头，紧张而敏捷地详细勘察了左岸，又勘察了右岸，还详细地验查了钻探的岩心，并热情地向中国地质人员讲解今后工作中应该注意哪些问题。

大家都知道，泥沙是造成黄河河道“善淤、善决、善徙”的基本原因。

而大家同时想到，靠水库固然可以拦蓄泥沙，但大量泥沙终年不断地流入水库，任何水库的寿命都要受到严重威胁。况且，黄河中游的黄土区，广大面积的表土被大量破坏冲走，多年演进的结果成了荒凉不毛的地区，人民生活因而陷于贫困。

因此大家意识到，水土流失，无论对黄河中游黄土区的农业生产和人民生活，还是对下游水库的寿命都是不利的。

勘察团先后有重点地勘察了水土流失最严重的泾河、无定河区域和榆林附近的沙漠地区，并勘察了可以拦阻泥沙并兼及灌溉的支流水库坝址。

大家看到，在水土流失严重的黄土区、黄河的支流上，夹杂着泥浆的浊流，把两岸的山地冲击得尽是深沟陷穴。许多水利工程人员和土壤、植物、气象方面的科学研究人员正开始在这些区域上辛勤地进行试验工作，找寻使黄土区恢复青春的方法，培植树苗和草种，并且已经取得了一定的效果。

勘测队看到了数座为试验而建的高 20 米左右的拦淤土坝，还看到了沟边、陡坡的保护工程，还有各种正在培育的树苗、草苗及测验水土流失的方法，勘测队走下深沟沟底，查看了那本身带有生长力的“叉柳谷坊”，认为这是在缺乏石料的黄土沟中最好的一种设计。

水土保持工作必须依靠广大群众去进行。勘察团对群众自己创造的一些简单易行的水土保持方法给予了极大的关注。

苏联专家对群众创造的“水簸箕”“等高沟畔”“水窖”等许多小的措施都详细地加以询问。

陇东广阳专区董志塬上一个农民住房前面的黄土沟，因为保护适宜，沟头沟边竟能保持 90 年不坍塌。

大家沿途又看到有些地方树木未遭砍伐，就能保持一小块和四周情况完全不同的景色。有些地方进行封山育林，也已有了明显的效果。

在榆林专区，有些县和村进行水土保持工作后，虽然放弃了大量陡坡耕地，但总的收成还是增加了。

这些具体事实引起大家很大的兴趣，增强了对水土保持工作的信心。许多群众创造的水土保持方法在这次勘察中进一步被肯定下来，丰富了黄河综合利用规划的内容。

勘察团从西安经过泾河流域到了兰州。勘察团的人们早就知道兰州上游雄伟险峻的刘家峡峡谷的名字，当经过崎岖狭窄的临时公路到达刘家峡左岸的山顶时，大家都放开了脚步奔向峡谷。

大家站在峡谷的边缘上，峡谷险峻的形势一览无余。在黄河下游已经熟悉了的宽达数公里的河道，在这里被两岸高耸的陡岩峭壁限制在宽仅四五十米的河道中，凶猛的急流在这峡谷中奔腾，更显出黄河蕴藏着巨大的力量。

这雄壮的峡谷构成一个优良的高坝坝址。地质专家同施工专家为深入了解情况，更顺着曲陡的小路走下峡谷，直到河边，在河边的大石上打开图纸，大声谈论不久将在这里开始建设的工程。

最后，大家穿过乱石丛堆，爬上极陡的山坡，沿着河岸一直勘察到峡谷的出口。

大家晚上躺在帐篷中的行军床上，仍然在谈论着刘家峡峡谷的地形，大家展望着，一座高大巍峨的拱形坝将在这雄伟的峡谷中间矗立起来，巨大的隧洞将把黄河的水输送到两侧的发电厂房去，推动 100 万千瓦的水轮发电机，发出强大的电力。

勘察团在兰州的几天里，还勘察了牛鼻子峡、茅笼峡、乌金峡等峡谷。

大家从兰州出发，经过半沙漠的地区到了著名的内蒙古大草原的门口青铜峡。

勘察团对古老的秦渠、汉渠、唐徕渠的进水口做了研究，又继续前进。沿途只见这一带黄河两岸的土壤非常肥沃，但是由于多年不合理的灌溉，排水不畅，引起了严重的碱化，农业生产受到了很大的影响。

一路上，大家看到一片片由于碱化而呈银白色的地表，农民正投入巨大的劳动力去清理漫灌淤积的渠道。

苏联专家郭尔聂夫对这种情况特别关注，在一次座谈中，他指出目前在这个地区的主要任务，是修整渠道和降低地下水位，在原有渠系没有整理以前，发展新的灌溉是不利的。

这个河套平原早就有富饶的称誉，现在虽然受到长期排水不畅、严重碱化的影响，但当上游的水库修起，流量得到调节，当渠系加以彻底整理以后，河套平原将成为更富饶的地区。

黄河在包头下游清水河县的喇嘛湾进入长达 600 多公里的峡谷地区。

从喇嘛湾到河曲的一段，勘察团是乘船而下的，一路上两岸耸立的石灰岩峭壁一目了然，每到一个坝址，大家都下船进行深入的了解，并查看钻探的岩心。晚上就下船在河边支起了帐篷住宿。

河曲县龙口是这次勘测中的最后一个、也是最危险的一个险滩。虽然掌舵的都是这一带最有经验的老艄公，但是曲折狭窄的滩道和急湍的水流，还是使一只船在急流急转的地方搁浅在了石头上。

已经安全渡过龙口的人们，在李葆华的率领下，涉过深及大腿的水，拉上两只小船去救援。当那只船被救出来平安航行到下游时，大家争着与跨下船来的苏联专家和其他人握手。阿卡拉哥夫握着李葆华的手，特意用中国话说："李部长，谢谢你。"

勘察团在从太原往陕北勘察了水土流失最严重的地区以后，又折回太原经过临汾到达黄河唯一的瀑布壶口。

大家看到，滚滚的黄水从 17 米的高度跌入深狭的石槽里，雾气冲天，水声如雷。壶口的瀑布表现出了黄河巨大的水力，但这一些天然落差只是黄河水力资源的一小部分。

大家都说："当巨大的拦河坝在黄河的这些峡谷中建造起来，在黄河的许多地方将造成比壶口高几倍的人造瀑布。"

设计三门峡水利枢纽

1954 年 4 月，李富春副总理主持召开会议，决定在黄河研究组的基础上，成立黄河规划委员会。

早在 1949 年 6 月 16 日，华北、中原和华东 3 大解放区就成立了治理黄河的统一机构，即黄河水利委员会。

同年 8 月 31 日，黄委会主任王化云、副主任赵明甫联名给华北人民政府主席董必武报送《治理黄河初步意见》，文中提出：

> 解除黄河下游洪水为患的方法，应选择适当地点建造水库，陕县到孟津间是最适当的地区，这里可能筑坝的地点有 3 处，是三门峡、八里胡同和小浪底。

1950 年 3 月 26 日至 6 月 30 日，黄委会首先组织勘察队以吴以教任队长，仝允杲、郝步荣任副队长，勘察了龙门至孟津的黄河干流段，特聘请冯景兰、曹世禄两位地质专家参加三门峡、八里胡同和小浪底三处坝址的考察。

通过勘察，肯定了三门峡坝址。已往中外专家一直对八里胡同坝址评价过高，都认为是黄河中游的优良坝址。经过这次勘察后，证实了八里胡同虽有较好的地形条件，但地质条件远不如三门峡，主要是石灰岩溶洞发育。

对三门峡建库方案，初步确定蓄水位为350米，以防洪、发电结合灌溉为开发目的。

水利部对解决黄河下游防洪问题十分关心，1950年7月，傅作义部长率领张含英、张光斗、冯景兰和苏联专家布可夫等复勘了潼关至孟津河段，就黄河干流上修建防洪水库问题指出：

> 潼孟干流段的防洪水库应该是整个黄河流域规划的一部分，黄河问题很复杂，应首先拟定开发整个流域的大轮廓，然后提前修建潼孟段水库，以解决下游防洪的迫切需要。水库宜分期修筑，坝址可从三门峡、王家滩两处比较选择。

1951年，有不少人认为黄河干流修建大水库，从当时国家的经济状况和技术条件来看都有较大困难。于是提出从支流解决问题，主张在支流上建土坝，三门峡建库方案历经了第一个起落。

黄委会随即对各大支流进行全面勘察，找到支流坝址数十处，但经计算发现：支流太多，拦洪机遇又不十分可靠，且花钱多，效益小，需时长，交通不便和施工困难等，仍需从干流的潼孟河段下手。

在这期间，黄委会提出了“蓄水拦沙”的治黄方略，除开展大规模的水土保持工作外，关键是要修建一座大水库。

同时，燃料工业部水力发电建设总局从开发黄河水力资源出发，也积极主张在干流上建设大型水电站，于是再次提出了修建三门峡水利枢纽。

1952 年 5 月，黄委会主任王化云、水力发电建设总局副局长张铁铮和苏联专家格里柯洛维奇等勘察了三门峡坝址，专家认为三门峡地质条件很好，能够建高坝。

而在这时，黄委会主张把三门峡水库的蓄水位由 1950 年确定的 350 米高程，提高到 360 米高程，拟用大水库的一部分库容拦沙，以解决水土保持不能迅速发挥减沙效益的矛盾，尽量延长水库寿命。

为了解决水库寿命和淹没问题，当时有拦沙与冲沙之争论，前者主张提高三门峡枢纽的正常高水位，加大库容，枢纽实行分期修筑、分期抬高水位运用；后者则主张坝址下移到八里胡同建冲沙水库，利用该处的峡谷地形冲沙，且可避免淹没关中平原。

经计算得知，在八里胡同搞冲沙水库不行，而三门峡水库又因淹地淹人太多，不少人反对。

从 1952 年下半年起，转而研究淹人淹地较少的邙山建库方案。

1952 年 10 月，毛泽东视察黄河时，王化云向毛泽东主席汇报了邙山建库方案。计划在邙山修建库容 160 亿立方米的滞洪水库，但有人主张修建冲沙水库。

上述两种方案的计算结果，投资都在 10 亿元以上，淹人超过 15 万人，由于花钱多，又没有综合利用效益，不合算。于是 1952 年冬又第三次提出修建三门峡水库。

1953 年 2 月王化云向毛泽东汇报了三门峡建库方案及整个黄河的治理方策。毛泽东听后很高兴，认为可以研究。

其后，水利部对修建水库解决黄河防洪问题给黄委会作了明确指示：第一，要迅速解决黄河防洪问题；第二，根据国家经济状况，花钱不能超过 5 亿元，淹没不能超过 5 万人。

由于这一限制，三门峡的建库方案第三次搁置起来。

根据水利部的指示，黄委会重新研究将一座大库方案，改为邙山与芝川两座水库并降低坝高，缩小库容的方案。

此方案的两座水库总计库容 82 亿立方米，总投资 4.58 亿元，需移民 8.7 万人。

1953 年 5 月 31 日黄委会主任王化云据此上报政务院邓子恢副总理，遂经同意并转报毛泽东。

由于当时政务院已决定将治理和开发黄河列入苏联援建项目，而未定案。

1953 年 6 月 17 日，根据周恩来的指示，国家计划委员会召集水利部、燃料工业部、地质部、农业部、林业部、铁道部和中国科学院等单位的领导人开会，商讨苏联专家来华帮助制订黄河规划前的各项准备工作。

会议决定成立以燃料工业部和水利部为主的黄河研究组，政务院有关部委指定专人参加，在国家计划委员会的领导下负责调查、收集、整理与分析黄河规划所需的各项资料。由李葆华任组长，刘澜波、王化云、王新三、顾大川任副组长。

黄河研究组初始集中技术干部39人，整理、编写及翻译了黄河概况，勘察资料，主要坝址的地质、经济调查和水土保持调查等方面文献47篇与大量图表及统计数据。

苏联专家综合组来华后，研究了上述的各项基本资料后认为：现有的资料已具备编制《黄河综合利用规划技术经济报告》的条件，并建议在进行黄河勘察的同时，开始编制《报告》，《报告》主要综合解决防洪、发电、水土保持、防沙、灌溉、航运和选择第一期工程等问题。

国家计划委员会基本同意苏联专家组的上述建议。1954年2月起集中技术干部170余人，着手进行《报告》的编制，同时开始了黄河实地大勘察。

黄河规划委员会除了黄河研究组原有5位正、副组长为委员外，又增加了张含英、钱正英、宋应、竺可桢、柴树藩、赵明甫、李锐、张铁铮、刘均一、高原、赵克飞、王凤斋等12人为委员，以李葆华、刘澜波为正、副主任委员。

委员会设立办公室，以配合苏联专家综合组工作，办公室下设：梯级开发组、水文及水利计算组、水工组、施工组、地质组、灌溉组、水土保持组、航运组、水库淹没组、基本资料组和动能经济组计 11 个专业组。主要由水利部和燃料工业部的技术干部组成，进行《报告》编制。

苏联专家综合组主要由苏联电站部派出，以苏联电站部水电设计院列宁格勒设计分院的专家为主。组长为列院副总工程师柯洛略夫，成员有谢里万诺夫、巴赫卡洛夫、阿卡拉可夫、阿卡林、郭尔涅夫、卡麦列尔计 7 位专家。专家综合组中设有泥沙、水土保持、水库淹没和经济等四方面的专家。

1954 年 1 月 2 日苏联专家综合组抵北京。同年 2 月组成了以李葆华、刘澜波为正、副团长，有中央有关部门的负责人、9 位苏联专家和中国专家与工程技术人员共 120 余人参加的黄河勘察团。

同年 2 月 23 日黄河勘察团自北京出发，进行了黄河流域的考察。勘察了黄河入海口到兰州的河道约 3300 公里；干支流坝址 29 处；水土保持类型区 4 处；灌区 8 处；下游堤防 1400 余公里，历时 110 余天，行程 12000 余公里，于 1954 年 6 月中旬结束。

勘察团在勘察了邙山水库坝址后，于 1954 年 3 月 17 日在洛阳召开座谈会，会上，苏联专家对邙山水库坝址都发表了否定的意见。

勘察团在完成了龙门至孟津干流河段的勘察之后，于同年3月27日在西安召开座谈会，中共中央西北局的负责人也参加了座谈会。

会上，苏联专家对三门峡坝址都发表了肯定的意见，赞赏三门峡是一个难得的好坝址，推荐三门峡建库方案，专家组组长柯洛略夫在总结发言中明确提出：

> 从龙门到邙山，我们看过的全部坝址中，必须承认三门峡坝址是最好的一个坝址。任何其他坝址都不能代替三门峡使下游获得那样大的效益，都不能像三门峡那样能综合地解决防洪、灌溉、发电等各方面的问题。

柯洛略夫具体分析了三门峡坝址的优缺点：

> 优点：一、水库容量很大，能完全调节洪水，保障豫、鲁两省免受洪水威胁；二、水库与水土保持以及其他水库相配合，能将淤在下游的泥沙全部拦住；三、地质条件很好；四、施工条件较好；五、在解决防洪、灌溉的同时，还能获得大量的电力；六、与其他坝址比较，有着最好的技术经济指标。缺点：淹没损失较大。

对三门峡水库淹没损失大的问题，柯洛略夫专家在发言中认为：

为了解决防洪问题，想找一个既不迁移人口，而又能保证调节供水的水库，这是不能实现的幻想、空想，没有必要去研究。为了调节洪水，需要足够的水库容积，但为了获得必要的库容，就免不了淹没和迁移。任何一个坝址，无论是邙山，无论是三门峡或其他坝址，为了调节洪水所必需的库容，都是用淹没换来的。区别仅在于坝址的技术质量和水利枢纽的造价。

上述“用淹没换取库容”的论点，对当时三门峡水利枢纽方案的研讨产生了较大的影响。

三门峡建库方案，主要问题是淹地广移民太多，经研究采取工程分期修建、分期抬高水位运用和分期移民的办法来减轻这一困难。

座谈会期间，李葆华、刘澜波与西北局负责人马明方交换了意见，西北局认为在移民问题上西北确有困难，但只要方案确定，愿在中央的领导下努力设法解决。

西北局负责人从延长三门峡水库寿命和便于移民工作等方面考虑，特别希望水土保持和支流拦泥库的修建能同时进行。

经反复讨论研究，黄河勘察团最后一致同意苏联专家组的意见，为了综合解决当前与长远的防洪、灌溉、发电等问题，黄河规划的第一期工程应首先抓紧修建三门峡水利枢纽。

1954 年 10 月，黄规会全面完成了《黄河综合利用规划技术经济报告》（以下简称《报告》）的编制工作。

《报告》分总述、灌溉、动能、水土保持、水工、航运、对今后勘测设计和科学研究工作方向的意见、结论计 8 卷，全文约 20 万字，附图 112 幅。苏联专家组还编有《黄河综合利用规划技术经济报告苏联专家组结论》全文约 10 万字。专家组组长柯洛略夫提出了《黄河综合利用规划技术经济报告基本情况》的报告，扼要地叙述了黄河的现状、综合利用规划的远景和第一期工程的各项措施，集中反映黄河的问题和采取的对策。黄河综合利用远景发展规划拟在干流上实施梯级开发，兴建 46 座拦河水利枢纽工程。

《报告》选定了黄河三门峡水利枢纽为实施黄河规划的第一期重点工程，《报告》中指出：

> 在选择第一期工程时，必须能够解决防洪、拦沙、灌溉、发电以及航运等综合利用任务。在黄河中游，只有三门峡是唯一能够达到这样要求的水利枢纽。

并且认为邙山建库方案“从技术上、经济上看都是不合适的”。

《报告》确定三门峡水库的正常高水位为350米高程，总库容360亿立方米。确定三门峡水利枢纽的主要任务是：可将黄河三门峡以上千年一遇的洪水由37000立方米每秒下泄减至8000立方米每秒，并与三门峡下游的伊、洛、沁河的支流水库配合运用，“黄河下游防洪问题将得到全部解决”。

拦蓄上游全部来沙，下泄清水，实现黄河清，使下游河床不再淤高；充分调节黄河水量，初期可灌溉农田2220万亩，远景可灌溉7500万亩；发电装机总容量89.6万千瓦，年发电量46亿千瓦时；下游航运条件可得到改善。

同时，《报告》也指出了枢纽存在的两个严重问题：

一是水库正常高水位350米高程时，淹没农田200万亩，移民60万人，巨大的淹没是兴建三门峡水利枢纽的困难问题，为减轻大批移民的困难，拟采取分期修筑、分期抬高水位运用和分期移民的办法。

二是水库泥沙淤积，除计划预留147亿立方米的拦沙库容外，为减少水库泥沙量，规划拟定，一方面大力进行水土保持工作，同时近期还要在渭河、北洛河、葫芦河、无定河、延水等支流修建大型和小型拦泥库各5座。估算到1967年水土保持的减沙效果可达25%至35%；如计入五大五小的支流拦泥库，则三门峡水库的入库泥沙量估计将减少约50%，三门峡水库的寿命可维持50至70年。

《报告》还指出“三门峡水库内泥沙淤积和水库寿命的估算是一个很复杂的问题”，需进一步研究。长期和根本解决淤沙问题的办法，需依靠全面的水土保持工作。

1954年11月29日，国家计划委员会邀集国务院第七办公室、国家建设委员会、水利部、燃料工业部、地质部、农业部、林业部、铁道部、交通部、黄规会等有关部门的领导同志和苏联专家，集中听取苏联专家综合组组长柯洛略夫关于《黄河综合利用规划技术经济报告基本情况》的报告，报告会由薄一波主任主持。

会议讨论时，李葆华在发言中认为黄河洪水威胁太大，包袱很重，每年夏天都会因担心黄河决口睡不着觉，黄河一旦决口，就会威胁整个国民经济和整个中国的建设，表示同意《报告》内容。

刘澜波同意李葆华的看法，建议中央提早讨论批准这个《报告》。

邓子恢副总理在讲话中指出：

> 黄河规划主要是三门峡水利枢纽方案，前几次党中央开会已同意了这一方案，因此，今后的问题就是如何分头组织力量加以实施。

1955年2月15日，黄河规划委员会将《报告》和苏联专家组对该《报告》的结论等文件，上报国务院及国家计划委员会、国家建设委员会，提请审查。

1955年4月5日，中共国家计划委员会党组和国家建设委员会党组审查《报告》后，联名向中共中央和毛泽东、刘少奇、周恩来、朱德、陈云、彭真、邓小平、彭德怀、邓子恢等41位中央领导人呈报关于对黄河综合利用规划的审查意见。

在呈文中认为：《报告》中所提出的黄河综合利用远景和第一期工程都是经慎重研究和比较的，应当认为是今天可能提出的最好方案，建议中央予以批准。

呈文并提出三门峡水利枢纽，苏联已同意承担设计和供应设备，可于1957年开始施工；为确保下游的防洪安全和延长三门峡水库寿命，对枢纽的泄量标准是否为8000立方米每秒和正常高水位是否定为350米高程、抑或355米、360米等问题，建议由黄河规划委员会向苏联专家组提出，在初步设计中进一步研究确定。

1955年5月7日，中共中央政治局在中南海西楼会议室开会，由刘少奇主持，出席会议的有朱德、陈云、董必武、邓小平、杨尚昆、彭真、薄一波、谭震林等46人。

会议听取了李葆华关于《黄河综合利用规划技术经济报告》的汇报，政治局基本通过这一方案，并决定将黄河综合利用规划问题提交第一届全国人民代表大会第二次会议讨论。

1955年7月中旬，国务院召开第十五次全体会议，出席的有周恩来、陈云、邓子恢、陈毅、乌兰夫、李富春、李先念、廖鲁言、习仲勋、傅作义等32人，列席的有王首道、孙起孟、钱正英、王化云、李锐等59人。

李葆华、刘澜波对《关于根治黄河水害和开发黄河水利的综合规划的报告》作了说明。会议通过了这个报告，并决定由邓子恢副总理代表国务院在第一届全国人大第二次会议上做报告，提请大会审议批准。

1955年7月18日，邓子恢代表国务院在第一届全国人民代表大会第二次会议上作了《关于根治黄河水害和开发黄河水利的综合规划的报告》。

邓子恢在报告中对黄河综合利用规划及其第一期工程的各项内容作了详细介绍。报告最后指出：

> 国务院根据中共中央和毛泽东主席的提议，请求全国人民代表大会采纳黄河规划的原则和基本内容，并通过决议。要求政府各有关部门和全国人民，特别是黄河流域的人民，一致努力，保证它的第一期工程按计划实现。

邓子恢的话音刚落，中南海怀仁堂顿时爆发出雷鸣般的掌声，1000多位人民代表为黄河的美好远景而欢欣鼓舞，许多代表称邓副总理的报告是一个“激动人心”的报告，有的代表因过分激动而彻夜未眠。

著名水利专家张含英代表在会议上说：

> 我从初次到黄河上做调查研究工作，到现在整整30年了，我在黄河上走过不少地方，也写过不少关于黄河的文章，我梦寐以求的是根治黄河的开端，但是在黑暗的反动统治时代，这只是幻想。

1955年7月20日，《人民日报》发表了题为《一个战胜自然的伟大计划》的社论，在社论中指出：

> 为实现黄河规划的第一期计划，当前的首要任务就是要积极完成三门峡和刘家峡水电站的设计和施工准备，用准确有效的工作，保证这些工程按时开工。一切负责供应这些工程以器材、设备的工厂，要保证生产质地良好的产品，并且及时送到工地去。

1955年7月30日，第一届全国人民代表大会第二次会议通过了《关于根治黄河水害和开发黄河水利的综合规划的决议》，批准国务院所提出的黄河规划的原则和基本内容，同意邓子恢的报告，决议要求国务院采取措施，迅速成立三门峡水库和水电站的建筑工程机构，保证工程的及时施工。

三、施工与建设

●邓子恢说："黄河规划第一期计划规定，首先在陕县下游的三门峡和兰州上游的刘家峡修建综合性工程。"

●傅作义在讲话中要求：黄河中游地区的人民做好水土保持工作，下游地区的人民继续加强修堤防洪工作。

●李国英指出："无数事实证明，人类向河流透支的财富，河流已经在向人类严厉追讨了，如果人类不能妥善地弥补和偿还，难免就要付出生命的代价。"

修建刘家峡水电站

1955年7月，邓子恢在一届人大二次会议上做《关于根治黄河水害和开发黄河水利的综合规划的报告》。

邓子恢说：

黄河规划第一期计划规定，首先在陕县下游的三门峡和兰州上游的刘家峡修建综合性工程。……刘家峡水库虽然比三门峡小得多，它的"水头"却有107米高，那里的水电站也可以发电100万千瓦，每年平均发电523000万千瓦时，可以使甘肃新发展的工业区用电需要得到满足。

刘家峡水库可以把河流最小流量由200米每秒提高到465米每秒，从而保证了下游宁夏、绥远省境灌溉和航运的需要。……河套以上，在刘家峡水库修成以后，就可以把最大的洪水流量8330秒公方减至5000秒公方，因而完全避免水灾。

一届人大二次会议通过的《关于根治黄河水害和开发黄河水利的综合规划的决议》，要求国务院应采取措施完成刘家峡水库和水电站的勘测设计工作，并保证工程及时施工。

在1953年、1954年和1955年，毛泽东3次视察黄河，了解、掌握黄河治理情况。

毛泽东对黄河的视察，直接孕育了我国治理黄河的规划。

为了对黄河进行梯级治理和开发，国家决定在黄河上游的甘肃省永靖县境内刘家峡兴建坝式水电站。

就在一届人大二次会议之后，周恩来还曾多次亲自主持研究刘家峡水电站的建设工作。

周恩来对水库建成后的经济效益问题非常关心，比如说，建一个水库要占多少亩农田，能储蓄多少立方米水，可发多少电等，他都要一一了解，并请专家来座谈。

在建设刘家峡水电站时，为调查研究具体情况，周恩来请了许多专家，其中还有苏联专家在西花厅开会，问他们水库建成后实际蓄水量是多少，从上游携带下来的泥沙量是多少，如何解决等等。

这一下把专家们问住了，本来他们来之前准备得很充分，算的数字也很清楚，但他们没有想到周恩来会问这些不利因素。

结果专家们只好说，他们回去再算算。

1958年9月，刘家峡水电站工程正式动工兴建，这是当时关乎国家经济发展的156个重点项目之一。

1961年，因国家经济调整，刘家峡水电站工程缓建，

1964 年复工。

1964 年春天，担负建设任务的水利电力部第四工程局的建设者们，奔赴刘家峡，与来自全国各地的工人及当地的少数民族兄弟一起，会合成水电建设大军，重新开始了驯服黄河的战斗。

在建设过程中，首先遇到的一个棘手问题就是大坝基坑的开挖和底部浇筑。由于只能在枯水季节进行施工，每当汛期到来时，工作人员与机械设备必须撤出河床，给洪水让路，直到汛期过后再施工，这样一年要耽误 5 个多月的时间。

为了确保主体工程全年施工不间断，设计小组提出增开一条导流隧洞，加筑一座高拱围堰的方案，让高拱围堰挡住洪水，使之从导流隧洞中流出，避免了施工间断，为整个工程抢回了至少一年的工期。

1967 年，施工的刘家峡水电站下闸蓄水时，因闸门关闭不严，造成严重漏水，最后冲毁了导流隧洞，使工程不能蓄水。

1968 年初，在广大群众的努力下，利用定向爆破筑成了导流洞入口处的围埝，但导流洞出口围埝仍无法修筑，情况十分困难。

周恩来得知刘家峡问题是难以成功解决的，必须让懂水利业务的领导干部出来主持工作，才有希望解决刘家峡问题。

1968 年 2 月 3 日，周恩来叮嘱值班人员询问水电部军管会："如谈刘家峡水库问题，除军代表外，部长级是否有人抓业务，能否参加国务院业务小组会?"

周恩来这句话的含义是希望水电部军管会能解放钱正英，并让其立即负责解决刘家峡水电站问题。

2月8日下午，周恩来主持国务院业务小组会议，研究如何解决刘家峡水电站问题。在会上，周恩来正式提出让钱正英出来工作。

会后，钱正英和杜星垣到刘家峡水电站工地，与专家和工人反复研究，决定在隧洞中修筑一道沙坎。经过努力，最后完成了隧洞上下口的堵塞，保证了工程的顺利建成。

与刘家峡水电站加速施工同步，全国许多工厂也在为水电站制造各种先进的机器设备。

按照设计，刘家峡水电站要安装5台水轮发电机组，每一台容量为22.5万千瓦。这样的机组，国内从没有制造过，在我国水轮发电机制造史上是一个新的挑战。

当时，由于中苏关系破裂，使得中国的技术开发与工业建设遇到了前所未有的困难。

面对这种形势，接受制造机组任务的哈尔滨电机厂克服了技术难关，设计制造出了大型水轮发电机组。

就在22.5万千瓦水轮发电机组加紧制造的时候，哈尔滨电机厂又提出要造一台30万千瓦的水轮发电机组。

在当时，刘家峡水电站安装机组的机坑已经浇好，这就决定了30万千瓦的机组体积不能加大，而容量却要提高三分之一。

为了解决这一矛盾，技术人员改进了水轮机转轮的设计，改革发电机的冷却方式，最终依靠自己的力量完成了任务。

在全国人民的大力支持下，刘家峡工地建成了自动化机械化的作业线，从开采沙石料、拌和和输送混凝土一直到浇筑大坝，都是机械化操作。加之施工方法的改进，整个工程建设取得了高速度、高质量、低成本的良好效果。

1968 年 10 月 15 日，电站下闸蓄水。

1969 年 3 月 29 日，刘家峡水电站第 1 号机组投产发电，以后 2、3、5 号机组陆续安装并投入运行，至 1974 年 12 月 18 日第 4 号机组投入运行，刘家峡工程全部竣工。

经过竣工验收及 10 多年的运行实践证明，刘家峡水电站规划设计成功，工程质量良好，被评为水电工程优秀设计之一，并获全国科学大会科技成果奖。

刘家峡水电站装机容量 122. 5 万千瓦，设计年发电量 55. 8 亿度，是 80 年代之前我国建成的最大的水电站。

刘家峡水电站综合利用效益显著：通过蓄洪补枯的调节，可保证刘家峡电站本身及下游已建的盐锅峡、八盘峡、青铜峡各级电站枯水期出水；改善甘肃、宁夏、内蒙古 1580 万亩农田的灌溉条件；可解除兰州市百年一遇的洪水灾害；在解冻期控制下泄流量，可防止内蒙古河段的冰凌危害；库区内的航运和养殖事业也得到了相应的发展。

至此，全国第一座装机容量百万千瓦以上的大型水电站胜利建成。

刘家峡水电站是我国依靠自己的力量独立设计建造的第一座百万千瓦以上的大型水利发电站，在建成时曾创下几个“第一”的纪录：第一个由我国自主勘测设计并施工建设的大型水利枢纽工程；第一个装机总容量百万千瓦级的水电站；第一个装备了我国生产的单机容量最大的30万千瓦双水内冷水轮发电机组；其形成的电网是我国第一次兴建的最长的超高压输电线路。

此外，刘家峡水电站还是一个集根治黄河水害、开发供水、养殖等综合效益的大型水利枢纽。

工程通过水库调节，使刘家峡水电站本身及下游的盐锅峡、八盘峡、青铜峡等一系列电站增加了发电效益；使甘肃、宁夏和内蒙古3省1000多万亩农田提高了灌溉保证率，并扩大灌溉面积500多万亩，基本解除了下游沿黄地区洪水灾害的威胁；使库区航运及养殖业均有发展，综合效益显著。

从1958年正式动工修建到1974年全部竣工，这座当时中国最大的水利电力枢纽工程，从设计、施工一直到设备制造和安装，全部都是依靠中国自己的力量完成的。

被誉为“黄河明珠”的刘家峡水电站坐落在甘肃省永靖县境内，是一座兼有防洪、发电、灌溉、防凌、养殖等综合利用效益的大型水利枢纽工程。

1971 年，郭沫若陪同柬埔寨宾努亲王到刘家峡参观时，有感而发，写下了著名的《满江红·游览刘家峡水电站》词：

成绩辉煌，叹人力真正伟大。回忆处，新安鸭绿都成次亚。自力更生遵教导，施工设计凭华夏。使黄河驯服成电流，兆千瓦。

绿水库，高大坝，龙门吊，千钧闸。看奔腾泄水何殊万马。一艇风驰过洮口，千岩壁立疑巫峡。想将来，高峡出平湖，更惊讶！

修建三门峡水电站

1957 年 4 月 13 日，黄河三门峡水电站枢纽工程正式开工。

开工的这一天，三门峡工地红旗招展，峡谷两岸挤满了欢笑的人群。

头戴柳条帽、身穿劳动服的 5000 名三门峡工程施工人员，第一次在这里集会，大家庄严宣誓，表达将黄河治理好的决心。

隆重而俭朴的开工典礼在三门峡河中间的鬼门岛和河南岸的山坡上举行。主席台设在鬼门岛上，两旁悬挂着对联：

根治水害
开发水利

与鬼门岛隔河相对的南岸狮子头岩石上，原刻着“峭壁雄流鬼斧神工”八个大字的地方也有一副对联，写着：

根治水害有日，黄河变清有期

三门峡工程局局长刘子厚在致辞中号召全体职工：

在施工中要坚决贯彻国家增产节约的精神，开展先进生产者运动。

水利部部长傅作义在讲话中要求：

黄河中游地区的人民做好水土保持工作，下游地区的人民继续加强修堤防洪工作。

苏联专家代表波赫表示：

为了让中国人民历年来的理想实现，让三门峡水利枢纽不仅在中国，而且在全世界成为有创造性的和平劳动的象征，苏联政府已指定最优秀的工程师参加三门峡工程的设计与建设。

河南省省长吴芝圃明确表态：

河南人民由于过去身受黄河水害今后又将先得其利，因而对于这个工程的开工特别兴奋鼓舞，河南人民一定要走在支援队伍的最前列。

职工代表和青年代表纷纷表示：

要把自己的智慧和汗水献给伟大的治黄事业。

职工代表和青年代表将20多份增产节约、超额完成计划和安全生产的保证书献给党。局党委书记刘子厚和副书记张海峰、王化云接受了这些保证书。

大会还宣读了苏联列宁格勒设计院和黄河流域规划委员会等部门的贺电，以及来自全国各条战线的贺信。

12时55分，局长刘子厚宣布：

黄河三门峡水利枢纽工程开工！

顿时，左岸人门岛下响起了隆隆的开山炮声，峡谷中不时升腾起和平建设的五彩硝烟，岩石碎块亦如礼花般漫天飞舞……

第二天，《人民日报》在显著位置发表社论

为三门峡水利枢纽开工呐喊助威，营场造势——伟大的人民治黄事业，从此迈开了治理与开发并重的新步伐。

由于前期工作准备充分，加之施工队伍政治素质好、技术力量强、机械化程度高，施工很快便进入高潮，工程面貌日新月异。

根据设计施工方案，三门峡工程巧妙地利用河谷中的鬼门、神门和人门三个石岛，将整座大坝分为两期进行施工。

左岸为第一期工程，包括溢流坝、隔墩坝和与张公岛相连接的隔墙基础开挖；第二期工程主要是大坝右岸电站坝体和电站厂房等部位的基部挖掘。

按常规，一期工程应在三面围堰的保护下施工。但由于开工时正值春季，汛期将至，已来不及修筑保护围堰。工程指挥部精心筹划，充分利用当时黄河水情和地形特点，科学制定施工方案，不但确保了工程质量，而且施工进度突飞猛进，当年便按计划完成了40多万立方米的基础开挖及其他附属工程施工等任务。

在三门峡工程建设最紧张的阶段，正赶上国家经济政策调整。由于局党委一班人始终保持清醒头脑，施工质量保障体系严密规范，质检人员恪尽职守，监督措施落实到位，所以，虽然施工进度突飞猛进，但工程质量堪称一流。

黄河截流是工程建设中的一场攻坚战。

1958年11月16日，截流总指挥部召集一次会议，再次落实战前的各项准备工作。黄河三门峡工程局党委书记李浩，三门峡市委书记刘莱以及三门峡市市长、黄河三门峡工程局局长谢辉，总工程师汪胡桢、总指挥齐文川、王英先、张省吾、吴师德等有关人员参加了会议。

然而，就在会议准备开始的时候，苏联专家打来了要求延缓截流的电话。

指挥部成员们立即停止会议，赶往专家组进行磋商。

苏联专家认为：三门峡大坝截流的流量设计要是1000立方米每秒，但目前的实际流量是2030立方米每秒，超过设计流量一倍以上，现在进行截流，没有成功的把握。

11月17日，河水流量仍为2030立方米每秒，超过设计流量一倍多。在这种情况下截流，危险性相当大，但若推迟截流，工程将拖后一年。

局党委经过缜密分析，决定自17日9时起，先进行截流演习。

17日这一天，天气明朗，万里无云，虽然是隆冬季节，但初升的太阳却把峡谷照耀得春光明媚。

谢辉特意刮了胡子，穿上了多年未穿的中山服，嘴里哼着小曲，一大早就来到了工地，显示出他对这次演习充满了信心。

截流演习指挥部是用木板和苇席在鬼门上临时搭建起来的。这里居高临下，所有情况尽收眼底。

上午8时，参与截流演习的指挥员、战斗队员全部就位待命。载满大石块、小石块、铅丝笼的汽车，一字排开从三门沟料场一直排到截流进口的黄河边上，河岸上站满了观望的人群。

9时整，截流总指挥谢辉庄严地宣布：

现在截流演习开始!

顷刻间，工地上机声隆隆，40 多部大型汽车一辆接一辆紧张有序地向黄河中投放着料物；推土机迅速地将汽车抛撒下的石块、沙料推到“龙口”，将进占区场地整平；突击队员们精神抖擞地站在激流滚滚的黄河边上，指挥汽车安全快速地卸料。

第一天，进占 3 米；第二天，进占 5 米；第三天，进占 4.6 米。

三天成功的截流演习极大地鼓舞了建设者的士气，大家一致要求一鼓作气，截断神门!

气可鼓而不可泄，“演习”直接演变成了一场机械化大兵团实战：50 多辆载重分别为 10 到 25 吨的各种型号的自卸车，昼夜不停地奔驰着，满载着一车车的岩石，从右岸横过鬼门溢流桥，跃上鬼门岛，旋即一个急转身，背对着指向对岸的戗堤尽头，吼叫着直逼神门河心。

进占的速度越到后来，就越明显地慢了下来。一车一车的大石料，倾倒在黄河里，一个波浪卷来，立即被卷得无影无踪。

谢辉急得蹲在截流现场不断地给施工人员打气。

第一班工作 8 个小时，进占 4 米，却又被河水冲走了 3 米；第二班接班后，值总指挥王英先召集有关人员认真分析了形势和面临的情况，决定加大实力，组织一次攻坚战。

经过分析，他们提出了新的作战方案，把原来两排进占的汽车改为三排，第一排装运大石、铅丝笼、四面体，第二排装中石，第三排装运碎石料，层层相压，四部汽车同时抛料后，推土机迅速碾压推平，以增加戗堤的坚实性和抗洪水冲击力。

经过连续33个小时在神门河中抛投3.2万立方米石砟、700块3至5吨的大块石、80块重达15吨的混凝土四面体，神门河成功合龙。

值班人员迅速把情况报告给正在史家滩礼堂听苏联专家关于截流报告的张海峰总指挥。当张海峰把这一激动人心的消息在会上公布后，参加会议的人员立即“哄”的一声站起来，争先恐后地向工地奔去。

在庆功会上，记者们都被眼前这种在超过设计流量两倍的情况下，短短7天时间里，胜利截断黄河的现实所震撼了。就连苏联专家们也为这种具有中国特色的施工方法以及中国人特有的神奇力量而感到惊叹。

随后，施工人员又陆续采用立堵加钢管拦石栅结合瞬时爆破法，一举封堵了神门岛泄水道。

11月25日，截流指挥部宣布：

> 经过7天又21小时45分钟的紧张战斗，截流工程于当日6时45分基本结束。神门河和神门岛中间的泄水道已全部堵塞，鬼门河的闸门早已安装好，随时可以落闸截流。

截流成功后，大坝第二期工程，电站坝体、电站厂房的基础开挖工作也迅速展开。

在这一阶段，建设者们同样遇到了前所未有的困难。在经鬼门、神门和人门三股激流汇集冲刷的河床中，有一条长约250米、宽约60米、深30米的河槽，人称“龙宫”。整个电站坝体和电站厂房及尾水渠的基部淤泥达4万立方米。

由于该部位无法进行机械施工，只能靠人力挖。当时正值三九严冬，天寒地冻，三门峡工程局从局长、书记到一线工人，全局动员挖“龙宫”。就这样，1500人的队伍，50多天的连续奋战，硬是把这座深藏于水下千百万年的龙宫挖掘一空！

一座总长1047.4米、高104米的巍峨大坝屹立在万里黄河上，拦住了东去的滔滔黄河水，在大坝上游形成了一个碧波荡漾，长100公里、蓄水达300多亿立方米的人造湖，使“黄河清”这一千古企盼变为了现实。

火热的激情，最容易在诗人的心中燃烧：

郭沫若慨然挥毫泼墨：

炸将神鬼化为烟，从此安澜亿万年。人道河清圣者出，圣人已出自戡天！

贺敬之喝令李白改诗句：

黄河之水“手中”来!!

郭小川更将心血化酒浆:

高举杯盏，祝贺我们的祖国，通过了又一次严峻的考验!!!

和着诗歌的铿锵节拍，靠着顽强拼搏、迎难而上的革命英雄主义气概，建设者们创造了一项又一项新中国水电工程建设史上的奇迹。

自 1958 年 3 月浇筑大坝第一罐混凝土起，当年便完成了隔墙、隔墩、溢流坝底孔等部位的混凝土浇筑。同时，大坝混凝土掺用大量粉煤灰，节约优质水泥 22300 吨，这项新工艺亦属当时国内首创。

1959 年 4 月，第二期大坝工程中的右岸坝基开挖和处理工作全部完成，为大坝全线浇筑创造了条件。局党委审时度势，发出“大战一百万”的号召，当年即创下浇筑量 100 万立方米的国内纪录。

1960 年 9 月，三门峡工程较原定工期提前一年多基本建成。自此，一座人民治黄的里程碑，承载着国人“俟河之清”的千年梦想，在这个贫穷落后的东方大国的腹地，横空出世!

1960 年 9 月 14 日，三门峡水利枢纽下闸蓄水，开始拦洪运用。

由于三门峡工程最初按照“蓄水拦沙”指导思想设计，泄洪排沙能力严重不足；加之中游地区水土保持工作未能达到预期目标，因而导致三门峡枢纽工程在1960年蓄水后不到一年时间，库区泥沙淤积达15亿吨，在渭河入库口形成拦门沙，回水倒灌威胁西安和关中平原。

1962年春，水库运用方式改为“滞洪排沙”，但毕竟泄流排沙能力太小，库区泥沙淤积曾一度高达47亿吨，改建势在必行。

为解决三门峡枢纽在设计中的先天不足，确保西安和下游的防洪安全，使其早日发挥效益，在周恩来总理的亲切关怀和直接指导下，从1964年起，先后对枢纽工程进行了增设和改造“两洞四管”、打开1至8号原施工导流底孔，进行了两次改建。

1973年汛后，水库开始采用“蓄清排浑”运用方式，基本实现了冲淤平衡。陆续安装了5台总容量为25万千瓦的国产发电机组，实现了发电生产。枢纽工程的两次改建及泥沙处理探索实践，培养锻炼了一大批泥沙专家，其科研成果荣获1978年全国科学大会奖。

山东黄河整治工程胜利完工

1958 年，黄河花园口站出现 2.2 万立方米每秒的洪峰，为黄河有水文观测记录以来的最大洪水，7、8 月间，花园口站出现一万立方米以上流量洪峰 5 次。

山东部分堤段洪水几乎与大堤持平。

在洪水暴涨的危急关头，沿黄河各地干部、群众、解放军 110 多万人上堤防守，喊出了“水涨一寸，堤高一尺”“人在堤在”“洪水不落，决不收兵”的战斗誓言，山东临黄大堤一昼夜间修起了 600 多公里子堤。最紧张时干部群众站在堤顶，形成人墙，抵挡风浪袭击。

黄委主任、黄河专家李国英指出：

> 无数事实证明，人类向河流透支的财富，河流已经在向人类严厉追讨了，如果人类不能妥善地弥补和偿还，难免就要付出生命的代价。

万里黄河哺育了大河上下各族人民，孕育了光辉灿烂的中华文明。但是，在漫长的历史时期内却得不到有效的治理，给人民带来了深重灾难。

直到在中国共产党的领导下，才开始了人民治黄的新纪元。

经过各级政府、沿黄群众、治黄职工、人民解放军和武警官兵的共同奋斗，黄河治理与开发取得了举世瞩目的伟大成就，战胜了历年伏秋大汛，彻底改变了历史上黄河“三年两决口”的险恶局面，并引黄兴利，为国民经济和社会发展作出了重大贡献。

工程处的老李说：“自1946年人民治黄以来，山东人民多次对千里堤防进行大规模加高加固，将过去的秸料埽坝全部石化，共修建各类堤防1504.7公里，险工116处、3816段坝岸，控导工程125处、1994段坝岸。

“另外，山东人民还兴建了东平湖水库、北金堤滞洪区等4处蓄滞洪工程。对黄河河口流路进行了3次人工改道，实施了黄河口门疏浚和挖沙固堤工程，现行黄河清水沟入海流路保持了30年畅通稳定。”

新中国成立后，古老的黄河迎来了治理开发的春天。

欲治国，先治水。党和国家领导人高度重视和关怀人民治黄事业，把它作为国家的一件大事来抓。

1959年9月，毛泽东又亲临济南泺口，视察黄河。

周恩来坚持“黄河的事情我挂帅”，对黄河的治理十分关心。

1958年大洪水期间，周恩来亲临黄河指挥抗洪斗争，先后三次主持召开治黄工作会议。

邓小平也明确提出：“黄河防御2.2万立方米每秒洪水，每年5000万元不行，还要增加经费。”在他的关怀下，中央动用了国家预备金为黄河增加投资，保证了黄河下游大修堤的急需。

人民治黄以来，山东人民按照“上拦下排、两岸分滞”的治黄方略和“拦、排、放、调、挖”的泥沙处理新理念，对黄河山东段进行了大规模的综合治理，取得了一个个令人瞩目的成就：对800多公里的临黄大堤，先后三次进行大的加高培厚，将堤顶加高到10米左右，进行了堤顶硬化、堤岸绿化，使黄河大堤成为“绿色长城”。

党的十一届三中全会以来，山东黄河人以改革为动力，站在时代发展的前列，坚持与时俱进，开拓创新，实施了经济体制、机构、人事、财务、工程建设管理与水利工程管理等一系列改革，推动了治黄事业的持续健康发展。

治黄委员会小刘说：“山东黄河治理走出了一条适合自身特点的经济发展之路。初步形成了建筑施工、淤背区开发、供水经营、跨河交通、勘测设计、制造加工、监理咨询、仓储服务的经济发展格局，弥补了治黄事业经费的不足，改善了职工工作、生活条件，稳定了职工队伍。”

山东黄河建成了以省河务局为中心，辐射沿黄9市、25县。9个市河务管理局、25个县河务管理局，组建起了1.2万人的治黄专业队伍，为山东治黄事业的健康发展提供了可靠的体制保障。

在历年的治黄实践中，广大黄河职工大力弘扬“团结、务实、开拓、拼搏、奉献”的精神，风里来，雨里去，兢兢业业，埋头苦干，被誉为“黄河铁军”，为治黄事业作出了重大贡献。

其中，东平湖水库是防御大洪水的关键性工程，库区面积627平方公里，相应库容40亿立方米，分老湖、新湖两级运用，控制艾山站下泄流量不超过10000立方米每秒，确保下游防洪安全。

他们还以科学创新精神对黄河入海口进行了综合治理。对入海流路进行了3次人工改道，实施了人工调整入海口门工程，进行了3次挖河固堤及口门疏浚的试验，使清水沟流路保持了30年的相对稳定期，为保护胜利油田的生产建设和开发利用黄河三角洲，创造了十分有利的条件。

在党和政府的领导下，依靠较为完备的防洪工程体系，依靠沿黄军民和治黄职工的严密防守，战胜了历年洪水。特别是战胜了1949年、1958年、1976年、1982年大洪水，创造了多年伏秋大汛不决口的奇迹。

引黄灌溉从建设虹吸工程、修建引黄涵闸到跨省区、跨流域调水，灌溉面积迅速扩大，黄河水资源利用率明显提高。山东引黄灌溉面积3163.5万亩，累计引水2500多亿立方米。

按照黄委部署，黄河实施了5次调水调沙，把约3.6亿吨泥沙送入大海。黄河山东段主河槽明显加深，平滩流量从过去不足2000立方米每秒，提高到3500左右立方米每秒，河道过洪能力大幅度提高。

黄河人在探索治理世界最难治的河流过程中，找到了处理黄河泥沙、扼制悬河升高的好方法，搞活了历代治黄人苦思冥想的治黄方略。

在大规模进行防洪工程建设的同时，山东黄河加强了经常性的工程管理。

经过不懈努力，山东黄河树株存有量达到2000多万株。两岸黄河堤防犹如一条“绿色长城”，横亘在齐鲁大地，一条独具生态魅力的绿色风貌带已呈现在世人面前。

党和国家领导人高度重视和关心治黄工作。新中国成立后，毛泽东、周恩来、邓小平等党和国家领导人多次视察黄河，听取治黄工作汇报，对黄河治理开发作出重要指示。

各级党委政府把治黄工作视作大事和第一要务，不论是抗洪抢险还是防洪工程建设，总是要人有人，要料有料，随要随到，全力以赴。

人民群众为治理黄河付出了艰辛的劳动，作出了巨大的贡献和牺牲。

在战争年代，解放区军民一手拿枪，一手拿锨，抢修堤防坝岸。

新中国成立后，沿黄河的人民群众手推肩抬，积极参加3次黄河大复堤。

根治黄河规划命令发布以后，开始建设黄河标准化堤防，沿河群众顾全工程建设大局，拆房搬家，为工程让路。巍巍壮观的黄河大堤，是沿黄人民用鲜血和汗水修筑起来的坚实防洪屏障。

在历年防汛抢险中，人民解放军哪里有困难、有危险，就出现在哪里，在抗洪斗争中立下了不朽的功劳。

多年来，山东黄河培养造就了一大批由各类技术人员组成的治黄专业大军。他们传承弘扬黄河精神，长年坚守千里堤防，风餐露宿，栉风沐雨，一代代人为治黄事业写下了一个个感人的故事。

治理河南黄河河道

1952 年 10 月，毛泽东首次离京出巡就亲临河南黄河视察，在开封柳园口险工 42 号坝察看了悬河情况后，发出了“要把黄河的事情办好”的伟大号召。

当地群众说：“柳园口这个昔日黄河的决口地，经过多年建设，今日处处绿柳如荫，鸟语花香。”

开封河务局的负责人介绍说：“黄河下游的‘悬河’形势比较严重，说起开封黄河的‘悬’，人们总把它与开封的铁塔做比较。人民治黄以来，党和政府对‘地上悬河’采取了多种治理措施。”

1952 年，河南建成黄河下游第一座引黄灌溉工程——新乡人民胜利渠，开创了黄河下游引黄灌溉的先河，揭开了开发利用黄河水沙资源的序幕。

人民胜利渠建成后，河南引黄工程如雨后春笋般广布黄河两岸。建成各类引黄取水工程多处，取得了显著的经济效益、生态效益和社会效益。

随着沿黄城市供水区域及规模进一步扩大，长垣、吉利、温县、武陟、濮阳等供水工程相继建成，一批新建大型企业的引黄取水进入实际运作阶段。

长垣县周营上延控导工程上的水厂沉沙池，为河南引黄事业带来了新突破，形成“长垣供水模式”。

将军渡，是濮阳台前县孙口乡的美称，这里记录着一场革命壮举。

1947 年 7 月，刘邓大军在以黄河孙口渡口为中心的河段上，在几千名黄河水兵的帮助下，强渡黄河，挺进中原，拉开了解放战争战略进攻的序幕。

当年为大军渡河立下赫赫战功的部分黄河水兵，新中国成立后转业治理黄河，作为水上抢险队的成员，为黄河安全奉献了青春与热血。

活跃在历次抗洪抢险前线的黄河水上抢险队，其前身是当年刘邓大军渡河时的黄河指挥部二、三大队。新中国成立后，这支队伍转而以运输黄河防汛石料、抢险救护为主，隶属河南河务局航运大队。

航运大队的主要任务就是“撑篙拉纤背石头”。

当时的黄河都是秸坝，为了加固堤防，队里靠 485 人、54 只船往坝头运送石料，恐怕从那时起才有了石坝。

有一位老航运队员说：“背石头最累人。一块石头百十斤重，一个人背上放块木板，再由两人抬起一块大石头放背上，一步一挪地走过颤巍巍的跷板，硬生生把石头背到坝头上，我们这一背就是近 30 年。”

老航运大队工人身上都有着相同的烙印——后腰上两个拳头大小的硬疙瘩！可以说，从花园口到台前，哪个坝头都有老河工留下的足迹和血汗。

老河工张汝训对运送抢险物资和救护滩区群众的往事记忆犹新，他回忆说：

天黑风大，我们摸黑驾船，喊着叫着搜寻大水中被困在树杈和屋顶上的老乡，发现后浮着水把他们救到船上。

位于焦作的黄河支流沁河，是治理黄河以来黄河众多支流中唯一纳入黄河统一管理的河流，是黄河中下游唯一没有控制性水库工程的支流，其洪水来猛去速，善淤善决，素有“小黄河”之称。

在沁河治理的历史上有一项工程犹如“神来之笔”，惠泽两岸百姓，那就是杨庄改道工程。

沁河下游两岸堤防距离一般 800 至 1200 米，而武陟县城附近长约 750 米的转弯河段堤距仅 330 米，影响沁河下游整体防洪效益。

1981 年，黄河规划委员会实施了为沁河裁弯展宽的杨庄改道工程，从沁河右岸武陟县杨庄起，将原 3.5 公里长的河道上 330 米宽的卡口和一座险桥置于新建的左堤外，向右开辟宽 800 米的新河道，解决汛期壅水问题。

1982 年 8 月，就在杨庄改道主体工程建成的第 12 天，沁河下游发生了 4130 立方米每秒的超标准洪水，由于河道过洪能力大增，避免了沁河决堤，17 万人口免受洪水灾害，减少经济损失 1.5 亿元，是工程投资的 5 倍。工程收到了立竿见影的奇效，当地群众无不惊叹。

焦作河务局局长张伟中说：“我国自明清以来，就将沁河防洪与黄河统一管理。在新的治黄历史征程上，焦作河务局更是‘两条河流一肩挑’。”

当地负责人说，郑州黄河河段在黄河上的位置，可用12个字来概括：

悬河头、华北轴、百川口、万古流。

从郑州市区驱车12公里，就到了位于北郊的花园口景区。

黄河花园口历来是黄河治理的重中之重、险中之险，曾因1938年决口事件而震惊中外。

黄河花园口水文站在郑州黄河大桥南端西侧的黄河大堤上，它在黄河下游防汛抗洪中占据着重要的战略地位。

多年来，从这里测报的水沙测验数据，一直是黄河下游防洪预报调度指挥决策和水量调度管理的基本依据。在一定程度上，花园口就是黄河下游防汛的晴雨表。

治理无定河流域

1950年，新中国成立不久，党和政府便对无定河流域开始了治理。

大家首先建成织女、定惠两条灌溉渠道，同时设立水土保持科学试验研究机构，选择辛店沟、韭园沟进行水土保持措施和小流域综合治理试验，在全流域形成了一个以水土保持为中心的治理高潮。

当地群众高兴地说：

无定河已不再是贫困和苦难的源泉，正在变成当地群众与年俱增的财富来源。

当地河务负责人介绍说：

无定河是黄河中游托克托至龙门间最大的支流，也是一条著名的多沙河流。平均每年约有2.2亿吨泥沙，随着滚滚洪流输入黄河，占黄河年输沙量16亿吨的14%。无定河年平均含沙量138公斤每立方米，约为黄河年平均含沙量的4倍。

这位负责人接着说：

无定河在洪水时含沙量更高，每次暴雨后，往往形成高浓度泥流，每立方米含沙量可达700至1000公斤或更高。这种高含沙量水流，一般呈深褐色乳状体，表面平滑，不显波纹，犹如流动的沥青，其表面往往还漂浮着大小土块，人浮其上不下沉。

大家在清理河道时了解到：无定河流域北部为有名的毛乌素沙漠，风沙区面积占流域面积的54%。裸露的沙丘随风吹过无定河干流，覆盖在黄土丘陵之上，沿无定河右岸形成条状盖沙区，不但淹埋了大量耕地，而且大量粗颗粒泥沙进入无定河再输入黄河，更加重了黄河下游河床的淤积。

清理工作继续向南行进，大家看到，无定河流域南部为黄土丘陵沟壑区，其面积占流域面积的46%，沟壑纵横，地形破碎，坡陡沟深，植被覆盖情况极差，再加以降雨非常集中，且多暴雨，因此水土流失极为严重，是无定河流域的主要产沙区，平均每平方公里年侵蚀量达15000吨左右，耕地表层肥土大量流失。

1982年，无定河被列为全国8个水土保持重点治理区之一，国家给予重点扶持。

当地领导高兴地说：“通过多年的综合治理，在控制水土流失、改善生态环境、发展区域经济、实现可持续发展等方面取得了显著成效。”

这位领导还拿出了一组数据来说明问题：治理以来，共为下游减少泥沙16亿吨，拦蓄径流22亿立方米。有近百条小流域基本实现了不向黄河输送泥沙，植被覆盖率大大提高，流域内人均产粮由治理前的87公斤提高到207公斤，农民人均纯收入由192元增加到1067元。

大家发现，无定河流域山变绿了，天变蓝了，人变富了。

在两期工程中，吴旗县先后有44条小流域被列入重点防治工程。

经过广大群众多年治理，此时流域内5级以上大风由治理前的每年19次减少到现在的8次，无霜期由102天延长到147天，降雨量由380毫米增加到480毫米。

在治理过程中，基本农田和经济林的建设实现了农民由广种薄收向精种多收的转变，也为退耕还林还草、舍饲养畜、恢复植被、修复生态创造了物质条件。

当时大家面临的困难是资金投入不足、农村生产力发展迟缓以及治理面积太大。

大家研究认为：依靠自然修复功能，是短期内恢复植被的最有效办法。

广大治河工作者在认真总结经验的基础上，进一步明确无定河流域的治理方针：

坚持治理与致富结合，治理与开发同步，以治理高标准基本农田为突破口，以增创经济效益为动力，以改善农业生产条件和合理利用水土资源为前提，建立综合防护体系，治理水土流失，改善生态环境。

同时，在治理措施上，治河委员会决定：

因地制宜，实施沟道与坡面的综合治理。不同类型区侧重点不同，丘陵区以基本农田为主，大力发展沙棘、柠条、草等水保先锋树种，改善立地条件。

河源涧地区以保涧固沟，发展经济林园为主，同时大力推广封山育林、舍饲养羊，退耕还林还草，加大坡耕地退耕。

项目区各级政府成立领导小组，建立一整套完善的领导机构，市、县、乡主管领导任组长，下设项目办公室，为实施好项目提供了有力保证。

年度治理任务一下达，市项目领导小组办公室召开工作座谈会，总结工作，提出治理工作新要点，并与市、县、乡主管领导签订治理目标书。

会议决定，将治理成效作为干部政绩考核的一项重要指标，提高了领导干部的治理积极性，加强项目检查指导督促工作，使项目得以顺利开展。

在不断实践中治河委员会总结出了多种行之有效的治理途径：

一、在春、秋农闲时节，集中劳力统一规划、统一标准，一条沟、一座山的治理。

二、人机结合，充分利用机械常年治理，以推土机推面、人工筑埂，修建高标准基本农田。

三、集中劳力，以行政村为单位，一村接一村治理。

四、制定行之有效的治理政策。联户、个体户承包治理，先治理后拍卖，先拍卖后治理，谁治理谁受益，允许继承转让。

五、集中一定的资金、技术力量抓精品流域，以高质量、高标准、高效益的示范点带动整个流域的治理。

大家在治理的过程中，注重采用新技术，总结推广新经验。大力推广等高灌水带、整地造林、机修农田、窖灌农业、水坠法筑坝、水平沟、优沟、地膜种植等新技术、新经验。

大家提出了“三分治理、七分管护”的口号。在抓好治理的同时，始终坚持“预防为主、防治并重”的方针，在县、乡、村配备了专职兼职监督员，培训上岗；在市、县、乡有了初具规模的三级监测网络建设。

市、县、乡都制定了一系列配套法规、制度，对人为造成水土流失的典型违法案件进行查处。

在治理过程中，为了保证资金及时、足额到位，严格执行专人、专账、专款、专用管理制度。

无定河流域经过多年治理，流域内农业生产条件明显提高，农民收入增加，生活水平改善，钱、粮双过千的村子逐年增加，农民尝到了治理甜头，再通过广播、电视、板报、简报等大力宣传治理典型及治理致富大户，增强了广大干部群众的积极性和自觉性。

修建青铜峡水利枢纽

1960 年 2 月 24 日，青铜峡水利枢纽工程拦河坝合龙截流。

青铜峡水利枢纽工程始建于 1958 年 8 月 26 日，这是一个发电、灌溉、调节黄河水量等综合利用的水利枢纽工程。

大坝合龙后，可控制宁夏、内蒙古等地区的黄河凌汛，并使宁夏地区形成一个面积 1000 万亩的黄河平原灌溉网和山区扬水灌溉网。

青铜峡水利枢纽工程位于宁夏回族自治区黄河中游的青铜峡峡谷出口，下距银川约 80 公里，有包兰铁路从左岸通过，对外交通方便，是一座以灌溉为主，结合发电、防凌等综合利用的枢纽工程。

古老的黄河，从巴颜喀拉山源头奔腾而下。几经迂回，进入西北的黄土高原，经过兰州折向东北而去，在巍峨的贺兰山和鄂尔多斯高原之间，被青铜峡峡谷紧紧地夹住。

在这里，一座混凝土拦河大坝屹立在滚滚波涛之中，迫使湍急的河水按照人们的意志，进入一座座电站，发出强大的电流，泄向一条条渠道，灌溉着千里良田沃土，造福广大人民群众。

全国各族人民在毛泽东发出的“要把黄河的事情办好”的伟大号召鼓舞下，与天斗，与地斗，斗出了青铜峡水利枢纽，揭开了黄河历史的新篇章。

多少年来，青铜峡一带就流传着一个神话：

古代黄河的洪水流到这里，被贺兰山挡住，上游泛滥成灾，一片汪洋。大禹治水来到青铜峡，一斧子把贺兰山劈开一个缺口，黄河水从此顺流而下。

这个神话反映了黄河两岸人民群众征服黄河的强烈愿望。

早在两千多年前，宁夏劳动人民就开发利用黄河水利资源，灌溉农田。但是，历代反动统治阶级把黄河视为不可征服的“神河”。

他们为了维护自己的反动统治，在青铜峡谷的东岸，面向滔滔的黄河水，修了一座“龙王庙”，以此来欺骗愚弄人民。

每年放水灌溉之前，反动统治阶级都要在这里演一出“祭河神”的戏，强迫人们去祈求“龙王”。

在新中国成立前漫长的岁月里，由于黄河上没有截拦黄河的控制枢纽，洪水季节常常渠堤溃决，大片良田顷刻变成泽国；枯水季节河渠缺水，庄稼干旱枯死。广大人民群众因此不断遭受水灾、旱灾，生活非常艰苦。

新中国成立后，社会主义制度为征服黄河开辟了广阔的前景。

1958年8月，在中国社会主义建设的高潮中，青铜峡水利枢纽工程动工了。

那时，宁夏的工业基础还很薄弱，青铜峡工地也没有现代化的施工工具。

有人说：“连机器都没有，还想修大坝，治黄河？怎么可能呢？”

但是，祖祖辈辈同黄河惊涛骇浪搏斗的宁夏各族劳动人民坚决地回答说：

> 有毛主席、人民政府的英明领导，人民群众一定能够胜天，黄河一定能够被征服！我们要土法上马抢时间，逐步创造条件，实现机械化。

数以万计的建设者，骑着毛驴、骆驼，划着木船、羊皮筏子，从四面八方赶来参加这项多少年来他们梦寐以求的建设工程。

沉寂的青铜峡峡谷沸腾了。

身强力壮的青年人，组成一支支“斩黄河”突击队，纷纷写请战书、决心书，要求承担艰巨的任务。

从来不出远门的回族妇女，组成了“三八”突击队，投入战黄河的斗争。

历史传说大禹治水三过家门而不入。如今，在青铜峡工地上，不知传诵着多少妻子送丈夫，父亲送儿子参加建设，青年人为赶赴工地推迟婚期，几过家门而不入的动人事迹！

有一位70多岁的老人，骑着毛驴，带着干粮，从具有光荣革命传统的六盘山区，走了10天，自动来到青铜峡工地请求参战。他捋着雪白的胡须，激动地说："只有在毛主席和共产党的领导下，各族人民才能使出这样大的干劲，为子孙万代造福啊！"

宁夏引黄灌溉已有两千多年历史，著名的汉渠、秦渠、唐徕渠、汉廷渠、惠农渠均由青铜峡引水，素有"天下黄河富宁夏"的美誉。

过去由于自由引水，受自然条件约束，需大量岁修。枢纽建成后，控制调节自如，可满足灌溉引水，使灌溉面积成倍增加，对农业发展起了重大作用。电站装机容量承担着宁夏电网一半以上的负荷，为宁夏地区的工农业发展创造了有利条件。

1954年2月，直属政务院领导的"黄河研究组"改为"黄河流域规划委员会"。国家水电部指名调曾自始至终参加当时世界第三大水利工程中国东北丰满水电站施工的水利专家礼荣勋，到北京新组建的黄河流域规划委员会任施工组组长，负责全黄河流域46个梯级水电站的工程布置、施工进度和工程造价预算工作等。

礼荣勋上任后，随即提出建议改变苏联专家设计的三门峡工程施工的总体部署，得到了苏联专家的称赞并被采纳。

当年召开的第一届全国人民代表大会上，审议通过了黄河流域规划委员会提出的《黄河综合利用规划技术经济报告》，青铜峡水电站被定为黄河干流上 46 个梯级水电站之一。

工程计划分两期开发：一期建设拦水坝，抬高水位 1.5 米，不发电；二期抬高水位 7.5 米，装机 10.5 万千瓦。

1956 年，黄河三门峡工程局成立，并于 1957 年春调任礼荣勋为三门峡工程局二分局主任工程师。

三门峡工程局提出了“包打黄河”的口号，就是说黄河的一切水利工程都由三门峡工程局来承担，青铜峡工程也就被纳入了三门峡水利工程局的工作之中。

1957 年，由国家水利部北京勘测设计院承担勘测设计工作的《黄河青铜峡规划报告》制订出来，确定枢纽工程灌溉、发电同期建设，装机 26 万千瓦，投资 2.64 亿元。

1958 年，青铜峡水利枢纽工程项目划转国家水电部西北勘测设计院，8 月该院提出初步设计报告，确定灌溉发电一期开发，水库正常高水位 1156 米，装机 8 台、27.2 万千瓦，年发电量 12.85 亿度。

于是，由三门峡工程局抽调精兵强将担任各部门正职，由宁夏省委派各部门副职，组成青铜峡水利工程委员会，指挥宁夏回汉儿女千军万马，打响了青铜峡水利工程建设的战斗。

1958年8月26日，青铜峡水利枢纽工程开工，成为黄河上继三门峡之后兴建的第二座水电站。

工程由水电部青铜峡水利工程局施工，分三期进行。

一期工程从1958年8月至1960年2月河床截流止，建成了河东河西围堰。

在河西基坑内浇注河西重力坝、河西渠首电站和上下游导墙；在河东基坑内浇注河东渠首电站及河东重力坝、下游导墙，河水由东西两围堰间通过，过水河面宽约105米。

二期工程从1960年2月至1966年10月，堆筑河床上下游围堰，与第一期工程修筑的混凝土导墙相接。河水由河东重力坝预留梳齿和水渠下泄，基坑内开挖、浇注河床机组和溢流坝及护坦。

三期工程从1966年10月封堵河东梳齿，到1967年7月止。修建河东导流明渠下游围堰，河水通过二期修建的7个溢流坝和6个电站泄水管下泄，基坑内浇注河东泄洪闸及下游护坦、护岸，灌溉底孔，河东8号机尾水渠及浇注梳齿中混凝土。

1967年4月，水库开始蓄水，1967年12月26日，第一台机组并网发电。

1978年，8台机组全部安装完毕，全枢纽有98个闸孔、89个闸门，坝长666.75米，高42.7米，水库面积

113 平方公里，电站装机总容量 27.2 万千瓦，年平均发电量 13.55 亿度，是世界上最大的闸墩式水电站之一。

青铜峡水利枢纽的建设历经艰难曲折。

工程于 1958 年仓促开工上马，1960 年遭遇了重大自然灾害，苏联专家撤离，1966 年起又受到严重干扰，且整个施工过程要始终保证每年五一放水灌溉，给工程设计和施工带来很多困难。

但工程技术人员和来自全国各地的广大建设者们顶住压力，克服了重重困难，不仅如期完成了建设任务，而且在施工中还创造性地运用了许多新方法、新技术，如草土围堰、混凝土塞处理大断层、化学灌浆治理大坝裂缝、平压水箱补充钢筋不足等。

尤其是草土围堰采用稻草和土为材料，不仅比土石围堰节省费用，而且筑堰时间缩短了一半，防渗效果更优越，成为青铜峡水利枢纽工程建设的一大特点。

这种经验不仅为黄河上水利工程所广泛应用，还推广到国内外水利工程之中。

但由于工程开工急促，边设计、边施工，加之设计变更频繁，施工机械奇缺，土法上马，建设中采用人海战术，使工程质量遗留下了一些隐患，以后花了很大代价去处理。

1959 年 1 月 15 日，女青工马清兰于《青铜峡报》上发表了一首《墙报诗》。

诗歌虽然平白如话，但却朴实真切，从中可见建设者们的精神面貌于一斑：

今年初秋八月间，为了建设到边疆。
家中美景我不爱，决心来到黄河滩。
为了改变黄河貌，累死累活心都甘。
男的干劲冲云霄，女的志气顶破天。
别看俺是女孩家，敢和男子来挑战。
男子干啥俺干啥，跃进还要走在前。
要学前人花木兰，学她英雄有肝胆。
女的也要把功建，谁说女子不如男？

青铜峡水电站是全国唯一的闸墩式水电站，河床 8 个电站与 7 个溢流坝相间布置，电站两侧的支墩就是溢流坝闸门的闸墩。

电站进水口机组下方设计了两孔排沙泄水底孔，电站断面孔洞占 50%，孔洞多、管路长。

这种坝型是否适合青铜峡水利枢纽，施工初期曾引起长期的激烈争论。

1959 年，国家水电部部长钱正英指示“按闸墩式电站布置，可以作为我们国家水电建设的一次尝试”，才最终建成了中国第一座闸墩式电站，电站设计的排沙泄水底孔，成功地解决了多泥沙河流上坝前淤积的难题，为水利枢纽长期正常运转提供了保证。

泄水管进口在电站机组进水口下方，绕过机组锥管，出口设在机组尾水管上方，是一空间变断面的曲线形水道。这种结构也为长江葛洲坝电站所采用。

随着灌溉流量的增大，为充分利用灌溉补水水能，减少补水对水利工程建筑物的冲刷，后来，修建了唐渠电站。

清代的诗文中记载，青铜峡有禹王洞，传说因大禹治水时曾住过而得名。又有禹王庙，乃后人为纪念大禹治水而建。

兴建青铜峡大坝时，禹王洞和禹王庙均已不存，倒是黄河东岸峡口山下公路旁有一座龙王庙，于康熙五十五年即1716年春初动工兴建，于第二年夏落成。

青铜峡大坝的建成，真正实现了古人“黄河水著安澜颂，留取丰功万古存”的夙愿。

这座龙王庙在1958年秋因建大坝而被拆除。因此，当年最先开进青铜峡的西北设计院施工队的测量队就在这里搭起帐篷安营扎寨，还有两名队员将床铺就支在这已破烂不堪的庙里。

礼荣勋来到青铜峡看到两位住在破庙里的测量队员时，风趣地笑着对他们说：“有龙王保祐你们。”

当大家泛舟青铜峡水库时，会看到东侧的石壁上镌刻有“青铜峡”三个大字。

这是民国年间宁夏省主席马鸿逵实施开凿青铜峡公路工程时，施工人员在石壁上刻下的。

但是，还深藏着一座同样镌刻着“青铜峡”三字的不知建于哪朝哪代的石碑。

这座石碑原坐落在峡口的进水口处，距大坝约八九公里的黄河东岸。

在大坝合龙前，工程总工程师礼荣勋为了不让水库将石碑淹没，想把石碑吊起来用卡车搬运到别处保存下来。他已组织人力将石碑基座挖出，准备好了钢丝绳，就要把石碑吊起运出。

这时有人说："这都是'四旧'，保护这样的东西会惹麻烦。"

礼荣勋只好作罢。

大坝合龙后水库蓄水，这座石碑连同当年马鸿逵在这里山壁上开凿出的公路便一起葬身水底。

青铜峡西岸原有一座河神庙，是仅有半间屋大小的遗迹。崖壁上还有一传说为禹王洞的岩洞，是当时电工的临时住处，这些遗迹已随着水库的建成而消逝。

青铜峡水利枢纽，是开发黄河水力资源的第一期工程之一，是低水头发电站，为日调节水库，水库设计库容5.65亿立方米，平均年输沙72.22亿吨，由于泥沙淤积，1981年实测库容仅0.56亿立方米。

青铜峡水利枢纽的基础为奥陶系灰页岩及砂岩互层，构造复杂，节理裂隙发育，从而进行了大量的基础处理工作。

主要建筑物有东、西两座引水量分别为110立方米每秒及400立方米每秒的灌溉渠首，混凝土重力式溢流坝，最大坝高42.7米，溢流段位于河床中部，全长98米，采用面流消能。

厂房布置在溢流坝闸墩内，安装了7台3.6万千瓦及一台两万千瓦的转桨式水轮机组。两台机组段均有两个泄水、排沙底孔，均匀排泄泥沙。闸墩式电站是我国独具一格的电站。

该工程由西北勘测设计院设计，青铜峡水电工程局施工，1958年8月开工，1960年2月截流，采用了古老传统的草土围堰，同时灌渠开始发挥效益。

那是黄河冰封期逼近的时刻。为了赢得建设的时间，必须抢在当年冰封之前，进行第一期围堰工程，叫黄河让出半个河道。那些天，建设者们一天劳累之后，还在工棚和帐篷里挑灯夜战，热烈讨论建造围堰的方案。他们总结我国劳动人民千百年来在灌溉引水、断流、岁修以及在黄河护岸、抢险等施工中创造出来的“草土围堰”的经验，提出用它来做挡水建筑物。

这个提议在工地上引起了激烈的争论。

有人说，在奔腾咆哮的黄河激流中修筑这样大的围堰，照过去书本上的老规矩，必须用砂石围堰、木笼围堰和混凝土围堰。他们摇摇头，说“草土围堰”会被滚滚的河水冲垮。

在当时，青铜峡工地需要的钢材、水泥、木材等都靠外地运来。如果用混凝土围堰、砂石围堰、木笼围堰，势必要耽误工期，那么就不能在黄河冰封之前筑起围堰了。

因此，这场到底用什么做围堰的争论，是关系到能不能抢在时间前面，多快好省地建设拦河大坝的问题。

工地上围绕这个问题进行了一场群众性的大辩论，大家献计献策。工程局党委坚决支持广大群众的意见，决定用草土做围堰。

自治区各地及时选派了26名回、汉族治黄“土专家”前来支援。他们同一万多名建设者一起，在黄河激流中，用麦秆、稻草和黄土做材料，一层草，一层土地堆筑成堤，向黄河中心进逼，打响了这场战斗。

冬季的西北高原，寒风一阵比一阵紧。黄河水急浪高，凛冽刺骨，但是建设者们心更热，劲更大，大家都一心要征服黄河。

共产党员、围堰班班长朱生金和有30年治水经验的回族老河工马永富等“土专家”，站在围堰梢头，任凭激流冲击颠簸，不畏被洪水卷走的危险，带领群众，昼夜向黄河中心堆筑。

经过40昼夜的奋战，他们征服了汹涌的河水，在河床的东西两边各堆筑起一圈“草土围堰”，迫使河水让出了半个河道。

这两圈围堰好似铜墙铁壁，顶着100立方米每秒流量的河水冲击，保证了大坝基础的开挖和坝体混凝土工程的进行。

这场斗争中，使广大建设者看到了群众在同大自然斗争中的伟大力量，进一步解放了思想。

不久，工程进入截流合龙的关键时刻，这是黄河的又一个冰封期。了解黄河脾性的人都知道，冰封的黄河像一条冬眠的巨蟒，从表面看去，显得那样平静、驯服，而在冰层之下，却隐藏着一股强大的力量。

在这种情况下，腰斩黄河，截流合龙，在施工过程中，河水只要上涨一米，就会使龙口以上几公里的冰层突然崩裂，湍急的河水携带着大量冰块直冲龙口，堆成冰坝，在一瞬间就能摧毁整个截流围堰。

面对这些困难，有人认为冰期截流“没有先例”，“使不得”。但是，为了保证第二年春灌引水，截流合龙必须赶在冰封期进行。

是迎着困难上，战胜大自然，还是束手以待，无所作为，这是建设者们面临的又一个严峻考验。

工程局党委召开了几十次“诸葛亮会”，访问了沿河的老河工，摸清了黄河冰凌的规律。

紧张的截流合龙战斗开始了，建设者们以大无畏的革命精神，同时间赛跑。

他们点燃了几万包炸药，炸开龙口冰层，把一部分冰水引向新开挖的河道；同时争分夺秒地向河心抛筑装着块石的铅丝笼和混凝土四面体，加快截流合龙的进展速度。

最后，一声巨响，一块巨大的混凝土块嵌进龙口，乖戾难驯的河水终于被拦腰斩断了。

青铜峡峡谷响起了胜利的欢呼声，建设者们脸上堆满了胜利的笑容。

人们笑那千古“孽龙”的黄河终于被人民群众掐住了喉咙，那滚滚黄河水冲刷变成的一抔泥土，终于付之东流！

1967 年，第一台机组发电，1978 年工程全面竣工。

随着青铜峡水利枢纽的竣工，黄河开始了为宁夏各族人民造福的新里程，“塞上江南”又展现出了美丽的新画卷。

本书主要参考资料

《国史全鉴》本书编委会编 团结出版社

《共和国五十年珍贵档案》中央档案馆编 中国档案出版社

《中国现代史资料选辑》彭明主编 中国人民大学出版

《共和国开国岁月》张国星 何明著 中共党史出版社

《风云七十年》郭德宏主编 解放军文艺出版社

《毛泽东休息的七天》郭新法著 河南人民出版社

《三门峡人》刘冠三编著 黄河水利出版社

《根治黄河水害 开发黄河水利》中华人民共和国水利部办公厅宣传处编 财政经济出版社

《汽笛声声——中国水电四局刘家峡铁路分局改革创业纪实》张殿华主编 甘肃人民出版社